LÉON DIERX

—

LES AMANTS

POÉSIES

PARIS

ALPHONSE LEMERRE, ÉDITEUR

27-31, PASSAGE CHOISEUL, 27-31

M DCCC LXXIX

à mon cher ami
Marras

Léon Dierx

LES AMANTS

LES AMANTS

MATIN

A ANATOLE FRANCE

Sous un souffle qu'emplit l'aube des premiers temps
S'évapore la terre aux verdures nouvelles ;
L'arbre énivré s'incline au bord des clairs étangs ;
Et les feuilles au ciel battent comme des ailes
    Dans l'âme fraîche du printemps.

1

Sur l'herbe où la rosée a perlé leurs pieds roses
Les nymphes ont conduit les danses d'autrefois ;
Et Pan qui rit au loin, les paupières mi-closes,
Écoute en s'éveillant chanter de douces voix
    Dans l'air fait du parfum des choses.

Dans l'innocente paix d'un matin enchanté
La nature se vêt de grâce et d'harmonie ;
Tout reprend la candeur de sa virginité ;
Et dans un souvenir d'existence bénie
    Tout baigne et lustre sa beauté.

L'homme passe oublieux des misères humaines
En ce monde oublieux des mortelles saisons ;
Et vers les Dieux amis purs encor de ses peines
Son cœur léger qui flotte en vagues floraisons
    S'en va sur les brises lointaines.

L'ESCORTE

A GEORGE LAFENESTRE

L'Amour marche à travers les siècles, escorté
De deux frères jumeaux fils de la volupté,
L'un muet, sourd, aveugle, et que l'autre redoute
Qui toujours le regarde, en vain parle ou l'écoute ;
L'un, spectre noir dans l'ombre, et l'autre lumineux
Dans l'éclair ; une haine effrayante est en eux ;
Et sans qu'on voie un choc, un glaive qui se teigne,
L'un reste invulnérable et l'autre toujours saigne ;
Ils repoussent les cœurs que l'Amour veut unir ;
L'un se nomme l'Oubli, l'autre, le Souvenir.
L'Amour passe à travers l'humanité crédule ;
A chaque battement d'on ne sait quel pendule,
A sa droite se dresse un obscur combattant,
A sa gauche rayonne un guerrier palpitant ;

L'Ame qu'ils touchent part ou reste inassouvie;
Le premier c'est la Mort, et le second, la Vie.
L'Amour monte à travers les sphères du ciel bleu;
Triste, entre deux reflets, il monte, cherchant Dieu;
Et tour à tour brisant ou redonnant une aile,
Crie aux astres : « Néant ! » ou bien « Vie éternelle ! »

BOHÉMIENS

Le royal archer, le divin soleil,
Dispersant du ciel les frêles barrières,
Ruisselle en traits d'or le long des clairières ;
Et tout resplendit sous le chaud réveil
     Du divin soleil.

Du sentier rocheux ouvert sur la plaine,
Fourmillant au fond de l'ombre du bois,
Descend la tribu sans ville et sans lois
Qui sous la lumière, heureuse, à voix pleine,
     Chante dans la plaine.

1.

Les bruns voyageurs aux pompeux haillons
Comme un dais vermeil traînent leur poussière;
La troupe aux grands yeux proscrite et sorcière
Fait comme des Dieux vêtus de rayons
    Briller ses haillons.

Proscrits fiers aussi des lambeaux de gloire,
Comme eux voyageurs et magiciens,
Au soleil comme eux les rêves anciens
Changent leurs linceuls dans notre mémoire
    En éclairs de gloire !

CROISÉE OUVERTE

Qu'elle est jeune ! — Ses doigts se posent sur les touches,
Et les parfums d'avril sont devenus des chants.
Mots vides, autour d'elle expirez sur les bouches !
— Un vol de blancs ramiers plane au loin sur les champs !

Qu'elle est fraîche ! — Ses doigts voltigent sur l'ivoire,
Et tout désir se fond en préludes sacrés.
Ne montez plus, soupirs dont nous taisons l'histoire !
— Un vol d'oiseaux de paix glisse en rasant les prés !

Qu'elle est douce ! — Ses doigts sont des ailes magiques,
Et tout se fait sonore au fond des cœurs surpris.
Jours lointains, revivez en célestes musiques !
— Un vol d'oiseaux divins emporte nos esprits !

Qu'elle est blonde ! — Ses doigts volent à tire-d'aile,
Et la foi nous revient avec l'hymne perdu.
Sourire intérieur, éclairez-nous près d'elle !
— Un vol éblouissant du ciel est descendu !

Qu'elle est belle ! — Un vol blanc sur le clavier roucoule,
Et des accords d'odeurs mêlent leurs tourbillons.
Mots d'amour oubliés, sortez de nous en foule !
— Des doigts d'anges au loin font chanter les sillons !

UN SOIR

Une étoile d'or plus brillant
Nous annonce la nuit sereine.
Ah ! tournons-nous vers l'Orient
Pour voir venir la douce reine !

Elle arrive des chauds jardins
D'une odalisque paresseuse ;
Lentement, par de bleus gradins,
Monte la nuit mystérieuse !

Elle ondule en nous caressant,
Fascinante comme une almée;
Aux lueurs fines du croissant,
Nous sourit la nuit bien-aimée !

Elle filtre et rayonne en nous,
Et notre âme en elle s'abrite ;
Elle porte au front les bijoux
D'une sultane favorite.

Elle a la claire profondeur
Des yeux de la houri docile ;
Elle répand au loin l'odeur
D'un paradis d'amour tranquille !

SILENCE

O le silence lamentable
Des bouches qui volaient l'une à l'autre jadis !
Au tournoiement des mots par l'orgueil interdits,
Sa main toucha ma main, dans l'ombre, sous la table.
O le regard inévitable !

O le regard inévitable
Qui détourna nos yeux autrefois aimentés !
Pour les baisers perdus, pour les mortes clartés,
Nos doigts se caressaient lentement sous la table.
O souvenir inoubliable !

O souvenir inoubliable
Qui nous fermais la bouche et nous voilais les yeux !
Souvenir ! Souvenir ! Appel impérieux !
Nos doigts s'entrelaçaient longuement sous la table.
O fierté vaine et misérable !

O fierté vaine et misérable
Qui sépares les cœurs plus que les abandons !
O mystère ! ô tendresse ! ô douceur des pardons
Que nos mains échangeaient malgré nous sous la table,
Au fond d'un silence ineffable !

SÉRÉNADE

La coupe où sans regret tu versas l'affreux vin
Reste la coupe d'or d'un échanson divin !

La nuit qui scintillait quand nous nous séparâmes
Reste l'âme étoilée où montaient nos deux âmes !

La fleur qui mourra loin de tes profonds cheveux
Reste l'œillet béni qui servait les aveux !

Le vent qui passe et prend le baiser qu'on oublie
Reste le messager du serment qui nous lie !

L'oiseau mélodieux que tu n'écoutes plus
Reste le rossignol des jours où je te plus !

Le socle où je dressais ta statue infidèle
Reste le piédestal d'une image immortelle !

Le parfum voyageur dont ton sein m'a sevré
Reste l'errant désir que partout je suivrai !

L'heure qui vainement sonne dans ma détresse
Reste l'instant sublime où venait la maîtresse !

La chanson qui s'éteint tristement dans le soir
Reste l'écho vivant d'un immuable espoir !

Et l'univers morose où j'ai perdu ta gloire
Reste le paradis auquel tu m'as fait croire !

LUNE NOUVELLE

C'est l'heure où la rose inclinant sa tige
Du printemps aspire un baiser plus doux.
O frisson du soir ! Caresse ! O vertige !
Dans le crépuscule à quoi rêvons-nous ?

Tout se fait suave et se vaporise,
Et tout s'abandonne aux vagues langueurs.
O mots embaumés flottants sur la brise !
Quel fécond silence embrase nos cœurs ?

Là-bas, dans le golfe aux ourlets d'écume,
Les bruits de la mer, comme ils sont légers !
O palmes nageant vers nous dans la brume !
Que regardons-nous sous les orangers ?

La nuit nous enlace. Oh ! vois ! nos pensées
Éclatent au ciel en floraisons d'or.
O les mains dans l'ombre ardemment pressées !
Quel secret nous garde un riche trésor ?

Tout palpite afin que tout mêle et fonde
En moi ta tendresse, en toi mon espoir.
O baiser donné pour un autre monde !
Quel nimbe est là-haut sur nos fronts ce soir?

LE TALISMAN

A EDMOND LEPELLETIER

Une fée a pour elle été douce marraine.
J'ouvre mon souvenir, afin de la revoir
Heureuse dans la vie, et dans la mort, sereine,
N'ayant jamais connu des rêves que l'espoir.

Elle est morte à seize ans, vierge, belle, adorée,
Je le savais, son cœur à peine ouvert, rempli ;
En un coin de mon âme, au fond d'un chaste pli,
Elle dort à jamais, froide, blanche et parée.

2.

Reliquaire odorant dont un ange a la clé,
Son cœur à peine plein s'est fermé; je le porte
Loin de vous tous, en moi profondément celé;
Car seul j'ai deviné le secret de la morte.

Que celui qu'elle aima ne sache jamais rien
Du séraphique espoir dont il eût brisé l'aile !
Et que toujours entier, mystérieux et frêle,
Ce virginal secret vive et reste le mien !

Qu'il soit mon talisman, comme il est ma relique,
Cet amour que la mort a sauvé du réveil !
Pour m'entr'ouvrir en songe une vie angélique,
Qu'il monte, encens lointain, à travers mon sommeil?

DUO

I

Rappelle-toi ! c'est la jeunesse !
Et c'est la vie ! oh ! souviens-toi !
N'oublions rien ! Fais comme moi !
Pour que l'amour sans fin renaisse.

O souvenir de ce transport,
Revis au sein des brises pures !
Pour embaumer les fleurs futures,
Reste en nous, même après la mort !

II

Oublions plutôt ! c'est la vie !
Cours, jeunesse, au nouvel espoir !
Dis : adieu ! jamais : au revoir !
Garde ton âme inassouvie !

O souvenir à peine éclos,
Reste au fond des nuits tutélaires !
Pour laisser nos prunelles claires,
Meurs en nous, père des sanglots !

———

Elle oublia. Lui devint triste ;
Une larme est dans chaque fleur !
— Elle revint à l'improviste ;
Une étoile est dans chaque pleur !

———

PORTRAIT

Comparable à la nuit des climats sans nuage,
Au ciel clair qu'illumine un éternel été,
        Elle marche dans sa beauté,
Femme au regard candide, au caressant visage.

Tout ce que la lumière et l'ombre ont de plus beau
        Unit dans un reflet qui joue
Le velours de ses yeux au satin de sa joue,
Mol éclat d'un secret et tranquille flambeau.

Un seul rayon de moins, de plus une ombre à peine,
Et la grâce indicible alors disparaîtrait
          Qui nous charme dans chaque trait,
Qui doucement ondoie en ces tresses d'ébène.

Et des pensers sereins, comme un suave éclair
          Autour de sa chaste figure,
Nous racontent combien cette demeure est pure,
Combien ce tabernacle en repos leur est cher.

O front calme ! sourire éloquent ! O douceur !
Où chacun lit de loin la tendresse profonde
          D'une âme en paix avec le monde,
Et d'un cœur dont l'amour a la vertu pour sœur !

(Imité de lord Byron).

LES GERMES

Le jour où j'ai senti germer en moi ce rêve,
A l'écart j'ai planté la greffe d'un rosier.
Mon jeune espoir aura pour sœur la jeune sève,
Me disais-je ; et mes yeux pourront s'extasier
De voir éclore, un jour, une rose pareille
Au bonheur dont mon rêve un jour sera fleuri,
A la fleur dont mon âme est la précoce abeille.
Les rayons adorés depuis n'ont plus souri
A ce rêve émondé dans sa métamorphose.
Mais le rosier son frère a grandi sans péril,
S'est paré d'émeraude éclatante, et la rose,
Par le plus frais matin d'un radieux avril,

A, splendide, au soleil entr'ouvert ses pétales.
Ce qui germe en un cœur, Nature, comme en toi
N'a point dans tes saisons d'éclosions fatales.
Que ta fleur ironique obéisse à ta loi,
Et, pareille aux bonheurs d'ici-bas, soit flétrie !
Toute la vie en nous un long espoir porté,
Dans la fertile mort, son unique patrie,
Éclora largement pour l'immortalité !

SAISONS BROUILLÉES

Quand naissent les fleurs au chant des oiseaux,
Ton étrange voix gravement raisonne,
Et comme aux échos des forêts d'automne
Un pressentiment court jusqu'en mes os.

Quand l'or des moissons mûrit sous la flamme,
Ton lointain sourire à peine tracé
Me pénètre ainsi qu'un brouillard glacé.
L'hiver boréal envahit mon âme.

3

Quand saignent au soir les bois dépouillés,
L'odeur de ta main laisse dans la mienne
L'odeur des printemps d'une étoile ancienne,
Et je sombre au fond d'espoirs oubliés.

Es-tu donc un monde au rebours du nôtre
Changeant et mortel, où je vis aussi ?
Soumis à lui seul, insensible ici,
Si je meurs dans l'un, survivrai-je en l'autre ?

Je regarderai dans tes yeux ouverts
Quand viendront le froid, la neige et la pluie.
La perdrai-je encor, mon âme éblouie,
Dans tes yeux brûlants comme les déserts ?

CHEMINS DES RUINES

Quand Vénus au reflet d'opale
Filtrera de loin sur les fronts,
Quand viendra l'heure, nous irons,
Comme au hasard, dans le soir pâle !

Je marcherai dans les sillons,
Tu t'en viendras par la prairie,
Moi, sous un vol impur qui crie,
Toi, sous l'essaim des papillons.

Tu suivras le sentier qui chante
Au crépuscule doucement ;
Je longerai le bois dormant
Où flotte une âme frissonnante.

Ensemble, par les deux versants,
Nous monterons sur la colline,
Moi, déchiré par chaque épine,
Et toi, parmi les vers luisants.

Et dans les ogives béantes
Sur la transparence du soir,
En même temps nous pourrons voir
Surgir nos têtes souriantes !

L'ÉPERON

L'insatiable instinct de vivre nous harcelle
Jusqu'au bout, cependant qu'à l'angoisse nouvelle
Nous marchons précédés par le nouveau souci,
Et mordus en secret sans trêve ni merci
Par l'hydre que déroule et nourrit la mémoire.
O Nature ! A la nôtre asservissant ta gloire,
De nos vils bruits troublant tes muets entretiens,
Sans honte nous versons nos rêves dans les tiens.
Fiers de tes flancs rongés, trouant tes saintes voûtes,
Sous l'éperon fatal nous reprenons nos routes
Vers le labeur des jours ou le repos des nuits,
A travers nos remords, nos dégoûts, nos ennuis,

Nos désespoirs, hélas ! nos amours, ô misère !
Qui de tout l'horizon font une fondrière,
Et plus noirs, plus stagnants que les marais croupis
Infestent la moisson de nos futurs épis.
Et c'est a peine encor sur cette flaque infâme
Si flotte une blancheur arrachée à notre âme,
Comme un dernier faisceau tombé du haut des cieux
Du poitrail pantelant d'un oiseau fabuleux.

AU JARDIN

A LÉON HENNIQUE

Le soir fait palpiter plus mollement les plantes
Autour d'un groupe assis de femmes indolentes
Dont les robes, ainsi que d'amples floraisons,
D'une blanche harmonie éclairent les gazons.
Une ombre par degrés baigne ces formes vagues ;
Et sur les bracelets, les colliers et les bagues
Qui chargent les poignets, les poitrines, les doigts,
Avec le luxe lourd des femmes d'autrefois,
Du haut d'un ciel profond d'azur pâle et sans voiles
L'étoile qui s'allume allume mille étoiles.

Le jet d'eau dans la vasque au murmure discret
Retombe en brouillard fin sur les bords ; l'on dirait
Qu'arrêtant les rumeurs de la ville au passage
Les arbres agrandis rapprochent leur feuillage,
Pour recueillir l'écho d'une mer qui s'endort
Très-loin, au fond d'un golfe où fut jadis un port.
Elles ont alangui leurs regards et leurs poses
Au silence divin qui les unit aux choses,
Et qui fait, sur leurs seins qu'il gonfle, par moment
Passer un fraternel et doux frémissement.
Chacune dans son cœur laisse en un rêve tendre
La candeur de la nuit par souffles lents descendre ;
Et toutes respirant ensemble dans l'air bleu
La jeune âme des fleurs dont il leur reste un peu,
Exhalent en retour leurs âmes confondues
Dans des parfums où vit l'âme des fleurs perdues.

CHANSON

Je me suis grisé ; j'ai perdu mon âme !
Je chante et je cours, ne sachant plus où ;
Dans le ciel je crois qu'un ange m'acclame ;
Je vais, je reviens, je ris comme un fou !

J'ai perdu mon âme, ou mon cœur ; qu'importe ?
Une joie immense est entrée en moi ;
Le printemps m'appelle et m'a pris pour roi ;
Un souffle léger m'enlève et m'emporte !

C'est depuis hier et depuis longtemps !
Je renais ou meurs au monde, il me semble ;
Je monte au milieu d'encensoirs flottants ;
J'ai perdu mon âme et mon cœur ensemble !

Je n'ai pourtant bu ni vin ni liqueur ;
Je vole et je plane, étonné de vivre ;
Je ne suis pas fou, je ne suis pas ivre ;
J'ai donné mon âme et donné mon cœur !

J'ai bu l'espérance en un doux sourire !
J'ai puisé l'amour en un regard clair !
Mon cœur a fondu comme fond la cire !
Mon âme est partie ainsi qu'un éclair !

LA CONFRONTATION

— Dans mon chemin honteux qui marche, sœur fatale ?
— Presqu'une enfant, ma sœur, aussi morne que vous !
— Quelle nuit ! Quel éclair ! Qui t'a faite si pâle ?
— Un dédain, un départ, l'enfer d'un cœur jaloux !
— Un peu d'orgueil suffit pour n'être pas jalouse !
— Un grand amour trompé fait qu'on aime toujours !
— Lâche, qui pense au traître avec des yeux d'épouse !
— Pire encore, qui craint les douleurs sans secours !
— Le mépris nous délivre, et l'oubli vient, qui venge !
— Le souvenir enchaîne et grandit les regrets !
— Change d'amour aussi, puisqu'ici-bas tout change !
— Ne plus aimer celui qui m'aima ? J'en mourrais !

— Sois la haine ! Tout homme est vil et vain d'une ombre !
— La bouche qui mentait d'un baiser m'énivra !
— L'infamie ou la mort, choisis ! Tout rêve y sombre !
— Sur l'infâme tombeau mon rêve flottera !
— Tes larmes tariront, tu souriras encore !
— Oui, toujours, comme toi, vers le bourreau perdu !
— Ah ! je te reconnais, fantôme que j'abhorre !
— Oui, je suis ta jeunesse, ô cœur noir ! corps vendu !

LES NUAGES

Couché sur le dos, dans le vert gazon,
Je me baigne d'ombre et de quiétude.
Mes yeux ont enfin perdu l'habitude
Du spectacle humain qui clôt la prison
      Du vieil horizon.

Là-bas, sur mon front passent les nuages.
Qu'ils sont beaux, mon âme ! Et qu'ils sont légers,
Ces lointains amis des calmes bergers !
S'en vont-ils portant de divins messages,
      Ces blancs messagers ?

Comme ils glissent vite ! — Et je pense aux femmes
Dont la vague image en nous flotte et fuit. —
Le vent amoureux qui de près les suit
Disperse ou confond leurs fluides trames ;
       On dirait des âmes !

Rassemblant l'essor des désirs épars,
Ivre du céleste et dernier voyage,
A quelqu'âme sœur unie au passage,
Mon âme ! là-haut tu me fuis, tu pars
       Comme un blanc nuage !

HYMNE A UNE JEUNE FILLE

Comme un reflet clair, comme un écho frais,
Comme un chaste encens du jardin des anges
Parmi nos ennuis, nos laideurs, nos fanges,
Offre, ô jeune fille encor sans secrets !
Tes yeux transparents, ton rire suave,
Ton âme légère, à la fois chassant
Tout, regret, tristesse et souci pesant !
Ton regard contient l'eau pure qui lave,
Ta voix est un chant plus mélodieux,
Ta candeur fait croire à celle des dieux !
O clarté lointaine ! ô chanson ravie !
O fleur d'innocence ! écloses en nous,

Répandez parfums, joie, éclat sur tous,
Dispersez remords, lassitude, envie !
Vous êtes l'étoile à notre secours,
L'extase égrenée en nos cœurs paisibles,
Le baume divin des pleurs invisibles !
Réveillez en nous, dans l'ombre des jours,
 Comme un chaste espoir d'un ciel sans colère,
Comme un frais appel, comme une aube claire !

A CLAUDIUS POPELIN

Peintre émailleur et poëte

Les Muses qui berçaient jadis tant de berceaux,
Claudius, ont baisé ta lèvre et tes paupières,
Et les ongles d'émail de ces douces guerrières
Ont sur ton front tracé deux des sublimes sceaux.

Les rois de fer et d'or sous l'azur des arceaux
N'ont plus même l'orgueil du sang de leurs rapières ;
Toi, tu peux, conquérant du rhythme et des lumières,
Léguer ton œuvre au temps sans peur de ses assauts.

4.

Ton âme fut choisie et ta main fut pourvue
Pour enchanter l'esprit, pour éblouir la vue,
Mais non du lecteur morne ou du passant banal.

Si l'Art est la noblesse et l'honneur de la vie,
Deux fois noble, tu veux que deux fois l'on t'envie
Un blason recouvert d'un pli seigneurial.

LES AIEUX

A FRANÇOIS COPPÉE

Plein des ferments actifs par les soleils mûris,
Le fourmillement jeune et bestial des races,
Aux vierges appétits de ses âmes voraces,
Dans le monde aussitôt jeta ses plus grands cris.

O passé ! Premiers bonds effrénés des esprits !
Babels dont jusqu'aux cieux tournoyaient les terrasses,
Flammes des rois vaincus, triomphales cuirasses,
L'or, l'airain, le granit, pour les âges pétris !

Héroïques remparts, criminelles Gomorrhes,
Pêle-mêle des dieux, des empires sonores,
Du désert extatique et des saintes forêts !

Tout cela dort, silence, oubli, sable et ruine !
Plus rien, que près du rire hébété de la Chine,
Le grand soupir de l'Inde, ancêtre aux lourds secrets !

NOËL

A SULLY PRUDHOMME

Déjà combien de fois, avec tranquillité,
Ce vieux monde a refait le tour de son orbite !
Nous aurons disparu dans quelque horreur subite,
Qu'il tournera toujours, ni las, ni révolté.

Toi dont l'âme insoumise a soif d'immensité,
Agis.ou rêve, lutte, aime ou détruis, habite
Ta cellule en soldat ou bien en cénobite,
Tourne, va du désir à la satiété.

Ris, pleure et souviens-toi dans chaque anniversaire !
As-tu senti deux fois le battement premier ?
Tout ce qui meurt en toi reste éternel fumier !

Parle encore aux enfants du divin émissaire,
Sans plus même chercher pour le fer ou le feu
Une crèche nouvelle où dorme un nouveau Dieu !

LE RETOUR

Le seuil disait : C'est lui, ton joyeux chien de garde !
Voyageur qui reviens chez toi d'un pas si lourd,
Qu'as-tu donc écouté si tu demeures sourd ?
— La nuit disait : Je suis pleine d'astres ; Regarde !
Reconnais ta maison, voyageur oublieux
Qui vas les mains aux murs et dont le pied trébuche !
Rentre, sans redouter de piége ni d'embûche !
Qu'as-tu donc voulu voir qui t'a brûlé les yeux ?
— Le vent disait : Vers toi je souffle, et je t'apporte
Le salut parfumé des fleurs de ton jardin,
Vierge appel d'un amour éclos sous ton dédain.
Voyageur hésitant, debout contre ta porte,

Bien vite prends la clé, ce logis est le tien,
Plein du tressaillement des formes familières !
Rentre, et souris de loin aux tempêtes dernières !
Qu'as-tu donc respiré si tu ne sens plus rien ?
— La serrure disait : Si ta main tremble, appelle
L'épouse délaissée et fidèle toujours
Qui pleure à tes départs et chante à tes retours !
Sous l'idéal reflet de sa lampe immortelle,
Elle est seule là-haut qui t'aime et qui t'attend,
Celle dont le baiser guérit toute blessure !
Voyageur revenu de la patrie obscure,
Qui restes là dehors, inerte et repentant,
Rentre pour contempler en paix hommes et choses
Dans le serein mépris des désirs superflus !
Qu'as-tu donc dit en vain, si tu ne parles plus ?
— Et la maison disait : Des fenêtres mal closes
Tous les vieux souvenirs, tous les futurs espoirs
Dans l'ombre jusqu'à toi filtrent par mille issues ;
Si tu ne peux monter aux murailles moussues,
Que m'importe ton corps promis aux festins noirs ?
C'est l'unique tribut de ta pensée, ô maître !
Que je veux, pour remplir mes cellules enfin
De trésors plus polis que ceux d'or le plus fin ;
Fais qu'elle m'enveloppe et qu'elle me pénètre,
Par les fentes du toit, par le seuil lézardé,
L'élaboration de l'absence ou des veilles !
O voyageur parti, le front plein de merveilles,
Qu'as-tu donc enrichi, si ton crâne est vidé ?

PARFUM DOUBLE

Cette fleur autrefois donnée
A gardé l'odeur d'un beau sein ;
Il s'en échappe tout l'essaim
Des souvenirs d'une autre année
Où la blancheur au pur dessin
Charma quelque âme fortunée.
Le temps fut-il prompt assassin ?
Tu le sais, toi, rose fanée,
Qu'on avait, une matinée,
Cueillie et cachée à dessein.
Heureuse fut la matinée
Qui t'embaumait, ô fleur fanée !

A qui le temps, doux assassin
Fit une mort si fortunée.
Il n'a tué que ton dessin,
Non les rêves de cette année
Dont sur toi flotte tout l'essaim !
Et j'y sens autour d'un beau sein
L'odeur d'amour par toi donnée,
O fleur que je garde à dessein !

CHANSON D'UN JOUR DE PRINTEMPS

Dans le vert sentier qui sort du village,
Par un beau matin du printemps fleuri,
Les oiseaux chantaient le long du feuillage.
J'ai rencontré Rose et Rose a souri.

Dans le gai chemin qui monte à l'église,
Par un beau soleil du ciel élargi,
La cloche tintait sur la flèche grise.
J'ai rencontré Jane et Jane a rougi.

« Signes différents, le sens est le même ;
« Sourire et rougeur sont signes d'amour !
« Chacune à son tour fait voir qu'elle m'aime ;
« Je peux bien aimer chacune à son tour ! »

Le cœur au printemps doublement s'enflamme.
Jusqu'au soir j'errai dans le bois, rêvant
Rose pour amie et Jane pour femme.
Des bruits de baisers sonnaient dans le vent.

Au bras d'un amant j'ai vu passer Rose,
Et puis Jane au bras d'un futur mari.
Des signes d'amour le printemps dispose ;
Rose avait rougi, Jane avait souri.

SOUS BOIS

Le ciel est aujourd'hui couleur de ses grands yeux !
Comme après les hivers le bois touffu qui chante,
Mon âme a reverdi sous des appels joyeux,
Et palpite au retour d'un passé qui l'enchante
   Par des concerts harmonieux.

La source est aujourd'hui couleur de sa prunelle !
Comme l'oiseau furtif qui se mire et qu'on voit
D'un bec rose lustrer les plumes de son aile,
Le souvenir revient boire en mon cœur et boit
   Le parfum qui vivait en elle.

Le jour est aujourd'hui couleur de son regard !
Comme l'air attiédi sous la paix des ombrages
Étincelle à la cime où flottait le brouillard,
Un calme embrasement m'éblouit des mirages
       D'un nom qui luit de toute part.

Fontaine, espace, azur, beaux yeux, tout vous ressemble !
L'oiseau des jours charmants vole, boit, chante en vous ;
Il se pose en mon cœur, calice plein qui tremble,
L'oiseau couleur du temps où vous m'étiez plus doux
       Que ciel, que source et jour ensemble.

DANS L'ALLÉE

D'un petit air sentimental
S'en vient Myrrha, qui s'évertue,
Tout en rasant le piédestal,
A ne point voir cette statue.

D'un tout petit rire moqueur
Sourit le dieu, qui la regarde
Croiser les mains contre son cœur
Pour en doubler la sauvegarde.

— Tu vas, pressant ton cœur, Myrrha,
Comme un saint Graal, sous la statue ;
Tu crois qu'ainsi ton cœur pourra
Mieux éviter flèche pointue ?

Mais le miracle est seulement,
Mon chérubin, je te l'assure,
Dans le secret enchantement
Qu'éveillera fine blessure.

Comme un sachet de pur santal
Presse ton cœur, ma jeune impie ;
Son arc tendu, l'archer t'épie
D'un petit air sacerdotal.

SUR LE SEUIL

Oui, c'est un jeu de femme où son ennui s'amuse !
Ivre un jour du reflux des bonheurs expiés,
Ainsi qu'un bouclier trop pesant, sous sa ruse
Tu laissas ton orgueil rouler jusqu'à ses pieds.

Alors, sûre de toi comme à la première heure,
Au nom du souvenir elle a su t'accuser ;
Et reniant bien haut l'appel qui fut ton leurre,
Elle a trouvé le mot qui devait t'écraser.

Eh bien, ta délivrance est à présent prochaine !
Il est d'horribles coups frappés si durement
Que ce n'est plus le cœur cette fois, mais la chaîne
Qui se brise et qui tombe avec l'affreux tourment.

Cette femme t'a fait un linceul de tortures
Avec les longs espoirs qu'en secret nous gardons ;
Avec tes désespoirs désormais sans pâtures
Jette-lui sur l'épaule un manteau de pardons !

Que ton rêve agonise en un cri de victoire !
Toi, pour sourire encore à l'aspect du ciel bleu,
Ramasse ton orgueil, et libre, fais-toi gloire
D'être sorti debout des cavernes d'un Dieu !

LES DESTINS

A CHARLES CROS

Dans la cour d'un couvent passaient deux jeunes filles,
En rêve franchissant les hauts murs du parloir
Qui leur devait bientôt ouvrir enfin ses grilles.
Un éclair du destin brûla le vent du soir ;
Et dans l'ombre, à l'écart, parlaient deux jeunes filles.

I

Il en sera de moi comme d'un grand caveau
Où gisent à jamais d'immobiles poussières,
Cependant qu'au-dessus, chaque printemps nouveau,
Un jardin gazouillant verdit, plein de lumières.
Je fermerai souvent mon cœur, comme un caveau.

II

Il en sera de moi comme d'un coffret rare
Qui du premier parfum restera parfumé
Loin du riche pays dont la mer le sépare.
Bien heureux qui de moi pourra se dire aimé !
J'aurai trempé mon cœur dans une essence rare.

I

Je veux être un tombeau qui marche, chante et rit,
Qui lui-même choisit et lui-même assassine,
Et sous d'illustres fronts, pour en pomper l'esprit,
La fleur de mon sourire aura longue racine !
Je serai le néant sous l'oasis qui rit !

II

Que la divine odeur secrètement s'exhale
De ce cœur et l'entr'ouvre au son des mots sacrés,
Et vienne alors le temps, la trahison fatale,
Ou bien l'épaisse nuit sur les yeux adorés !
Je veux qu'avec mon souffle un seul amour s'exhale !

I

Que la terre au hasard engloutisse les os,
Mais dans mon cœur je veux que les cœurs morts habitent!
Quel trou sera jamais plus noir et sans échos,
Plus couvert en tout temps de couleurs qui palpitent?
Que m'importe la fosse où blanchiront les os?

II

Où que dorme à jamais sa forme solitaire,
C'est dans mon cœur à moi que son cœur rebattra!
Quels apôtres ont eu plus fervent sanctuaire?
Et sous le plus puissant des baumes renaîtra
L'amant purifié dans mon cœur solitaire!

———

Elles sont aujourd'hui deux vieilles aux yeux froids,
L'une sans repentir, l'autre avec sa croyance,
Et qui se coucheront dans leurs cercueils étroits,
Fières toutes les deux d'avoir sans défaillance
Gardé purs leurs destins scellés dans leurs yeux froids.

———

LES CAPTIVES

A ERNEST D'HERVILLY

Oh ! le savoir stérile ! Oh ! vivre après tant d'autres,
Tant d'amants, de héros, de citoyens, d'apôtres !
Et dans un cœur lassé des transports violents,
Comme des jougs de plomb, sur tous les grands élans
Porter ce long passé dont le poids nous oppresse,
Ce siècle, et la stupeur de vivre sans ivresse !
Chacun de nous ressemble à ces frileux jardins
Qui montrent sans danger aux pâles citadins
Les fils des chauds soleils et des gorges sauvages,
Usant leur instinct libre aux barreaux de leurs cages,
Avec des cris anciens par la chaîne étranglés !
O passions ! La peur tourne de brusques clés

Sur vos soifs d'autrefois, vos réveils faméliques,
Sur vos sourds grondements dans les antres tragiques !
Nous sommes comme un parc tout rempli d'écriteaux,
Et nous tremblons encor sous nos épais manteaux
Quand vous vous agitez, ô passions ! pareilles
A ces troupeaux captifs qui dressent les oreilles,
Et hument dans le soir la fièvre des galops
Aux senteurs des pampas qui traversent l'enclos !

SUR LE VIEUX BANC

Regarde ! Il n'est qu'un astre aux cieux,
Et qu'un chemin devant la porte.
Ecoute ! Il n'est qu'un chant qui sorte
De ce verger silencieux.

Il n'est qu'un souffle sur la lande,
Qu'un feu de pâtre à l'horizon,
Et tout autour de la maison
Qu'un seul parfum qui se répande.

Dans le bleu clair de cette nuit
Il n'est qu'une cloche qui tinte,
Qu'une hirondelle, hors d'atteinte,
Qu'une voile sur l'eau sans bruit.

Tourne les yeux, prête l'oreille
Tout auprès de nous à présent ;
Dans l'herbe il n'est qu'un ver luisant,
Qu'un nid qui reste sur la treille.

Rentre en toi-même ! A notre mort,
Il n'est qu'un amour qui rayonne,
Qui carresse, embaume, et résonne,
Qui nous guide quand tout s'endort.

GLORIA IN EXCELSIS

A FRÉDÉRIC PLESSIS

Je me suis endormi, disant au bois : « Croisez,
Beaux arbres, sur mon front vos palmes bienfaisantes !
Rafraîchisseurs divins des regrets embrasés,
Versez en moi l'oubli des détresses présentes
     Et la paix que vous seuls versez !

Et le bois, frissonnant des bourgeons jusqu'aux cîmes,
Mêlant les voix de l'arbre aux voix de l'arbrisseau,
A fait chanter en moi les musiques sublimes
Dont le premier amour, notre second berceau,
     A jamais berce ses victimes.

Je me suis réveillé, disant : Forêt, tais-toi !
Tant de jours ont passé sur la blessure ancienne !
Laisse périr la vierge ensevelie en moi !
Laisse mon âme libre à la fin de la sienne
     S'anéantir muette en soi ! »

Mais comme un orgue immense enflant ses *voix* puissantes,
En moi le bois, prophète enivré sous l'azur,
A chanté l'hosanna des amours renaissantes,
Et la gloire du rêve immortellement pur
     Dans les étoiles innocentes.

LES ÉTOILES

A L. X. DE RICARD

Bien des astres pareils aux foyers palpitants,
Peut-être les plus beaux que chaque soir allume,
Dardent un jeune éclat jusque dans notre brume,
Qui sont des soleils morts, perdus depuis longtemps.

Ceints des tourbillons nés de leurs flammes fécondes,
Ils ont si loin de nous accompli leurs destins,
Que la lumière encor de ces globes éteints
N'a pas toute franchi l'espace plein de mondes.

Et dans l'illusion de leur scintillement,
Nous, parmi tous les feux dont la nuit se constelle,
Nous laissons le plus pur de notre âme immortelle
Monter d'en bas vers eux peut-être, éperdûment !

Ou sereine, ou pensive, ou flamboyante, ou chaste,
O lumière des yeux qui nous charmez ! Rayons
Qui brûlez tout l'encens que pour vous nous gardions !
Les cœurs sont-ils si loin, l'amour est-il si vaste,

Que la clarté vers qui notre suprême espoir
A travers l'infini de nos rêves s'élance,
Peut-être aussi nous vient du glacial silence
D'un cœur depuis longtemps sombré dans un ciel noir ?

PRÉSENT TARDIF

Ce souvenir de vous à moi,
L'œuvre jadis abandonnée,
Déterrée on ne sait pourquoi,
En retard de toute une année ?

Que de poussière sur ses bords,
Malgré ton mouchoir qui l'essuie !
Peux--tu voir en riant les morts
Qu'a faits ton regard qui s'ennuie ?

Ce n'est pas certe un repentir !
Pour que ton ongle la meurtrisse,
As-tu voulu te divertir
A raviver ma cicatrice !

Maintes fois j'ai lu dans tes yeux
La candeur de ta félonie ;
Tu vas, le front insoucieux.
Serait-ce impudente ironie ?

Raille donc ! Ris ! si tu le peux !
Je cherche en partant ton excuse,
Escorté par le chant pompeux
Des faux serments que fait la ruse !

LE TÉMOIN

A HENRI ROUJON

Quand cette femme auprès de cet homme a passé,
Tout-à-coup, dans la rue allant en sens contraire,
J'ai pâli brusquement comme un dépositaire
Qui pense au lourd secret à sa garde laissé :

Un héroïque amour, deux êtres magnanimes
Pour la vie et la mort l'un à l'autre jurés ;
Un tragique départ, deux cris désespérés,
Puis le temps, ravisseur des passions sublimes.

Quand cet homme a croisé cette femme, j'ai cru
Qu'au choc de leurs regards s'ouvriraient des murailles
Et qu'alors je verrais palpiter les entrailles
D'un trésor dérobé par les voleurs accru.

Mais lui, sans qu'un seul muscle ait frémi sur sa face,
Elle, sans qu'en ses yeux un seul éclair ait lui,
Ils se sont regardés et perdus, elle et lui,
Dans la foule où chacun en surgissant s'efface.

Du même pas ils ont poursuivi leurs chemins,
Comme deux étrangers que l'infini sépare.
Et moi, j'ai chancelé d'horreur, comme un avare
Qui n'entendrait plus l'or sonner entre ses mains.

SUR LES CÔTES

Vous aimez, dites-vous, la mer, la grande image
D'une âme jamais lasse en ces luttes sans fin ;
Sur la rude falaise ou sur le sable fin
Regardez-la frapper de rivage en rivage !

Sous les souffles puissants du large, regardez
S'enfler la mer immense ainsi qu'une âme fière,
Et s'avancer vers vous la houle coutumière
Submergeant les rocs noirs dont les ports sont bordés !

Vous aimez, dites-vous, la mer, le flux des lames
Déferlant sur la plage ou battant les caps durs,
Tel que vers un cœur vide ou hérissé de murs
Le flux d'une âme lourde où s'engouffrent des âmes !

Regardez ! chaque flot se cabre en arrivant,
Se brise, en argentant la grève aux vastes pentes,
Et jusques à vos pieds meurt en nappes rampantes
Dans les âcres embruns dispersés par le vent.

Tel chaque effort perdu d'une âme soulevée
En caresse lointaine expire vainement,
Et son parfum amer près d'un cœur inclément
Passe disséminé dans l'air de l'arrivée.

Vous aimez, dites-vous, la mer ; écoutez-la
Mugir ou soupirer, sauvage ou rendormie,
Comme une âme jalouse ou comme une âme amie
Palpitant du secret qui jadis la gonfla.

Hurlement ou sanglot, clameur, plainte ou murmure,
Écoutez-la pousser comme un appel toujours ;
Telle une âme trop pleine aux chocs stridents ou sourds
Contre un cœur insensible ou bardé d'une armure.

Regardez au soleil onduler les flots verts !
Dans la nuit écoutez la mer, la sœur sublime
D'une âme qui se heurte aux confins d'un abîme !
Entendez-la gronder ou chanter dans ces vers !

Que la strophe vers vous parte comme la houle,
S'élève, en charriant les débris du passé,
Et noyant les récifs du noir oubli dressé,
Comme un embrassement infini se déroule !

Que chacun de ces vers s'en aille tour à tour,
Comme le flot d'une âme ou de la mer montante,
Briser sa rime sourde ou sa rime éclatante
Contre un cœur sans mémoire ou fermé pour l'amour !

Vous aimez, dites-vous, la mer, et les spectacles
De son angoisse auguste ivre d'autres échos ;
N'y revoyez-vous pas les semblables assauts
D'une âme débordant sur de pareils obstacles ?

Mais non ! Qu'importe au cœur qui s'est un jour durci
Le fracas de la mer sur les remparts des côtes ?
Qu'importe le retour des lames les plus hautes
Au cœur indifférent comme le sable aussi ?

ENCORE

Une femme a passé dans ta vie ! Un sourire,
Un regard lumineux a suffi, n'est-ce pas ?
Que de destins pendus à ces frêles appâts !
C'est assez pour l'ivresse, et cela peut suffire
     Aussi pour le martyre !   .

Quelques mots bien connus qu'on échange à l'écart
T'ont fait comme à l'amour croire à la perfidie !
Et la fin d'une idylle est une tragédie !
Et tu crois au néant pour avoir eu ta part
     D'un bonheur quelque part !

Les aveux, les serments, les baisers, tout s'envole !
Pourquoi dans un regret vouloir les retenir ?
Dans un nouvel amour cherche leur souvenir !
C'est leur espoir qui fait l'éternelle auréole
   De l'éphémère idole !

Tes rêves reboiront le philtre empoisonneur
Au sourire, aux regards, aux mots toujours les mêmes.
C'est assez pour changer en chansons les blasphèmes !
Et pour avoir pressé le néant sur ton cœur,
   Tu croiras au bonheur !

LE POSSÉDÉ

L'angoisse d'un remords, tu ne la connais pas,
Un regret tendrement ne t'a jamais mordue,
Et tu m'es pour toujours taciturne et perdue
Sans qu'un seul souvenir ait chanté sur tes pas.

Je sais que le soleil s'éteindra dans l'espace
Avant que se rallume un éclair sous ton front,
Et je sais que les morts à la fois renaîtront
Avant que ton oubli pour un instant s'efface.

Mais je sais que ta bouche aux clartés de tes yeux
M'a dit ces mots qui sont l'éternelle magie,
Et que sur tous mes sens règne encor l'effigie
L'odeur ou la vertu de ton corps langoureux.

Ni le vin, ni l'amour, ni la mort usurpée,
Rien ne saurait dissoudre un jour, ni l'apaiser,
Le poison qui me fut le miel de ton baiser,
Et mon âme en sera pour les astres trempée.

Mais ce breuvage en moi distillera du moins
A jamais la douceur d'un philtre de jouvence,
Et d'ici je t'emporte et te souris d'avance
Dans ces brillants enfers que tu pris pour témoins !

A UNE AMIE

Je pense à vous, charmante femme,
A vous qui, triste, allez gaiement,
Sans espoir, ayant fait serment
D'être l'éclat que rien n'entame.

Je pense à vous, aux sourds combats
D'un cœur loyal contre le monde !
Ah ! les fiertés, qui donc les sonde ?
Qui voit leurs larmes ici-bas ?

Pâle songeuse aux lèvres roses,
Sans réfléter nos passions,
Vous jetez sur les fronts moroses,
Flamme invisible, vos rayons.

Je pense à vous, charmante amie,
Rare joyau, qui renfermez
Mille brasiers tous consumés
Loin les souffles de l'infamie !

Vous qui brûlez secrètement
Sous une gloire d'étincelles,
Allez, ô sage entre les belles,
Lave durcie en diamant !

LES COMPAGNONS

A STÉPHANE MALLARMÉ

Quelques arbres encor dans le parc où j'errais
Faisaient des oasis pleines d'abris secrets
Aux nids encor gardés, aux sources encor vives
Où les biches broutaient les feuilles sur les rives.
Mais plus d'un tronc rameux que l'été surchargea,
Par un précoce hiver étreint partout déjà,
Maigre et noir, découpait au ciel sa cîme nue.
Je marchais au hasard, traversant l'avenue
Ou suivant les chemins cachés dans les massifs.
J'allais, sous les Tilleuls, sous les Pins, sous les Ifs,
En écoutant au loin l'appel des tourterelles,
Ou les craquements brefs dans les ramures frêles.
Au détour d'un sentier, aux bords frais d'un ruisseau

Où tremblaient des cailloux d'argent, sous un berceau
Mêlant le chèvrefeuille avec la vigne folle,
Un être de vapeur couché dans l'herbe molle,
Tout jeune, ressemblait à l'enfant que je fus.
« Puisque je t'ai troublé dans tes songes confus,
« Lève-toi, viens ! lui dis-je, et suis-moi ! » Sans rien dire
Il se leva, vers moi vint avec un sourire,
Et marchant à-ma gauche il me suivit. Sur nous
Les branches bruissaient dans un frisson plus doux.
« O Toi, que tel encor je retrouve, j'écoute,
« Parle, enfant, je t'en prie, et chante sur ma route !
« Tout ce qui m'a quitté, tes extases, ta foi,
« Tes désirs, dis-les tous ! Ton âme rends-la moi !
« Ombre de ma jeunesse, où donc est ta demeure,
« A présent ? Oh ! dis-le ! Parle avant que je meure ! »
Or, il restait muet. Mais, ô jours oubliés !
Il vous ressuscitait, et vous vous dérouliez
Un par un, me charmant de vos chansons légères,
Et le ciel enfantin de vos mille chimères
Filtrait comme un sourire en mon cœur adouci.
Et longtemps tous les deux nous marchâmes ainsi.
Au pied d'un cèdre mort et couvert de broussailles,
— Vision qui toujours fait frémir mes entrailles —
J'aperçus un vieil homme, assis, voûtant le dos
Comme s'il eût ployé longtemps sous des fardeaux.
En ce fantôme fait de brumes condensées
Ai-je senti peser mes futures pensées ?
Et dans son regard vide ai-je vu sous son front
Le frère du regard que les ans me feront?
Peut-être ! Et sans vouloir comprendre davantage,

Je m'enfuis; mais en vain. Cette nouvelle image,
Je la revis bientôt à ma droite marchant,
Sinistre, à chaque pas près de moi trébuchant,
Ouvrant des yeux pareils à des flaques d'eaux mortes.
« Eh bien! De quel abîme inconnu que tu sortes,
« Lui dis-je, es-tu muet comme l'autre, vieillard?
« Parle-moi dans le soir, parle dans le brouillard!
« Puisque tu viens à moi comme un hideux prophète,
« Ombre de ma vieillesse, où repose ta tête?
« Qu'as-tu donc à m'apprendre, et vers quel seuil vas-tu?
« Ton trésor, quel est-il? Sagesse, oubli, vertu,
« Gloire ou prière? dis! Que t'a servi de vivre?»
Il se taisait aussi, s'acharnant à me suivre
Comme l'autre, et sur moi s'accumulaient les ans,
Et mon cœur et mes pas se faisaient plus pesants.
J'allais. Autour de nous, par le vent détachées,
Pendaient en lourds faisceaux les lianes séchées,
Et mille souvenirs ignorés, lourdement
Se balançaient aussi dans mon cerveau fumant;
Et longtemps, très-longtemps, tous les trois nous passâmes,
Triple forme d'un être unique avec trois âmes!
Mais ces deux compagnons, chacun de son côté,
Me dérobaient mon âme et ma réalité;
Si bien, que vers la nuit, perdu dans les allées
De rêves innocents ou funèbres peuplées,
Parfois ivre du chant d'un rossignol, parfois
Tout entier tressaillant aux bruits secs du vieux bois,
J'avançais comme un spectre inerte, une ombre vaine,
Que retient un enfant et qu'un vieillard entraîne!

LES DEUX ILES

J'étais un naufragé qui malgré lui surnage.
Sur une mer de nacre errant comme deux sœurs
Deux îles m'ont offert leurs abris caresseurs ;
En deux yeux verdoyants j'ai vu ma double image.

Loin des vieux continents par l'angoisse habités
J'ai vécu tout un soir dans deux mouvantes îles ;
Tout près des ports fleuris de deux chastes asiles
En deux miroirs j'ai bu comme en deux clairs léthés.

Tout un soir j'ai goûté dans deux îles désertes
Le calme enchantement des pays ignorés ;
J'ai connu la fraîcheur des repos savourés
Dans deux vierges édens aux mêmes découvertes.

Tranquille ordonnateur d'un loisir inventif,
J'étais le Robinson de deux îles limpides ;
Et j'ai longtemps peuplé de mes œuvres candides
Deux prisons dont j'étais le bienheureux captif.

Les yeux tournés un soir vers deux jeunes prunelles,
Je me suis rajeuni dans leurs berceaux lointains,
Vivant dans deux reflets aux fraternels destins,
Comme le double roi de deux îles jumelles.

LES GOUFFRES

Je cherche une épouvante à l'amour comparable,
Un abîme profond et vaste comme lui,
Mobile hier, demain, toujours, comme aujourd'hui,
Plein de monstres rôdant en troupe inexorable.

La mer ? Non ; le marin tombé dont le vaisseau
Dans des gloires au loin fuit, les vergues chargées,
Meurt bientôt, suffoquant après quelques gorgées,
Ou coupé d'un seul coup de mâchoire à fleur d'eau.

Du funèbre élément au fond des mornes couches
Il n'aura rien connu, ni l'horreur ni le poids,
Ni les crakens affreux cinglant ses membres froids,
Ni les hideuses fleurs s'ouvrant, vivantes bouches

Je cherche un infini comparable à l'amour,
Qui nous roule éperdus dans d'effrayants mystères
Où nous nous débattrons, victimes volontaires,
Sans remonter jamais vers la clarté du jour.

La nuit ? Non ; sous la nuit le ciel est plein de phares ;
La plus longue à coup sûr a son aurore enfin ;
Et l'affamé qui dort peut oublier la faim ;
Et le vaincu blessé peut rêver de fanfares !

Pour l'assassin aussi peut venir le sommeil ;
L'aube au moins chassera le spectre qui le hante ;
Sa blancheur rassérène une âme haletante ;
Et le remords lui-même est joyeux au soleil !

Je cherche pour l'amour une sinistre image,
Comme un gouffre sans fond ouvert traîtreusement,
Où tout s'engloutira dans un effondrement,
Dans l'irrémédiable et lourd et noir naufrage !

La mort ? non ; son secret nul n'en peut rien savoir :
Peut-être la splendeur des étoiles ouvertes,
Ou le néant épars dans les formes inertes ;
Mais malgré tout, pour tous c'est le sublime espoir !

Sous le coup du hasard ou frappé sur un ordre,
Après ton dernier râle, en ramenant tes draps,
Calme et transfiguré, frère, tu descendras
Dans l'empire où l'amour n'a plus de cœurs à tordre !

8.

TRÉSORS PERDUS

A MON AMI GABRIEL BELLIER

Des tombeaux garderont de merveilleux bijoux
Que seuls ont su tailler les premiers lapidaires.
Il est des noms choisis, magiques entre tous,
Que seules ont portés des reines légendaires.

Dans des jardins secrets montaient d'exquis parfums
Que pour eux seuls créaient de puissants alchimistes.
Entre les plus beaux airs on en sait quelques-uns
Que seuls auront chantés de sublimes artistes.

Des nababs fabuleux dans d'inouïs cristaux
Ont seuls bu certains vins, élixirs de prophètes.
Pour l'énivrement seul des rois orientaux
L'éclair divin a lui sur des formes parfaites.

Les mages seuls ont vu se mouvoir dans les cieux
Des astres surprenants, au fond des nuits bibliques.
Seuls ils ont mérité les surnoms glorieux,
Les héros dont le monde a perdu les reliques.

Les miroirs les plus purs, sous les chansons des nids,
Ont mouillé les pieds seuls des dryades confuses ;
Et seuls, ils ont connu les regards infinis,
Les jeunes couples morts sous le baiser des Muses !

POUR LE TOMBEAU

DE

THÉOPHILE GAUTIER

Salut à toi du fond de la vie éphémère,
Salut à toi qui vis dans l'immortalité
Où près de Gœthe assis tu contemples Homère !

Salut ! Tu fus l'amant de la pure beauté !
Et dans ton cœur vibrant sous d'augustes présages
Tu lui bâtis d'avance un palais enchanté !

Jeune Grec exilé dans la laideur des âges,
Tu te ressouvenais en pleurant les retards
De la beauté qui fait se lever les vieux sages !

Songeur mélancolique en nos siècles bâtards,
Frère de Phydias, tu chantas loin d'Athènes,
Mélodieux martyr des confus avatars !

Salut ! Tu fus l'amant des chimères lointaines !
Et tes yeux clairs cherchaient dans nos fleuves fangeux
Le reflet dont jadis ont frémi les fontaines !

Les olympes toujours ont nos désirs pour jeux !
Mais tu fus le croyant qui voulut toujours croire
A travers le bruit vain des peuples orageux !

Et c'est pourquoi d'en bas nous saluons ta gloire
Et ton rêve vainqueur du doute meurtrier,
Triomphal invité du temple de victoire !

Entres-y le front ceint du vivace laurier,
Toi qui sachant n'aimer que la beauté parfaite
Tout jeune sus la peindre en parfait ouvrier !

Après t'avoir pleuré les Muses te font fête,
Nostalgique amoureux du seul paros épris,
Doux comme un revenant, calme comme un prophète !

Prêtre tardif, gardien des cultes désappris,
Tu détournas ton cœur des idoles grossières,
Le gardant à l'idole impeccable pour prix.

Honneur à toi parmi les gloires devancières !
Et plus haut par l'oubli des illustres d'un jour,
Tu verras s'écrouler leurs autels de poussières.

Ils t'ont pris par la main, ceux-là qui tour à tour,
Du bout d'un burin d'or nous léguant leur pensée,
Ont de l'œuvre divine épuré le contour.

Reçois de fils pieux la couronne tressée
Pour ceux qu'illuminait un éclair idéal
Dont leur âme en naissant fièrement fut blessée.

Siége, esprit lumineux au trône sidéral !
Lèvre attique parlant de suprême harmonie
Étanche enfin ta soif dans un nectar lustral !

La suprême beauté loin de nous est bannie,
Mais nous la revoyons dans le miroir de l'Art,
Depuis que le Rapsode erra dans l'Ionie.

Salut ! Tu peux parler d'Hélène au grand vieillard !

LES TRÉSORIERS

A LECONTE DE LISLE

Un frémissement fier passe à travers les bois;

Aux limpides clartés de la nuit pacifique
Le vieux peuple muet dont les chênes sont rois
Enfle son âme au vent de leur âme stoïque.

Et le siècle, le jour, l'heure, l'instant, le mois,
Unissent tout-à-coup dans un arôme unique
Mille arômes au loin répandus à la fois.

Le peuple fraternel, aux lointaines lisières,
Vibre ému tout entier de la beauté des lois
Qui scellèrent ses pieds aux plaines nourricières.

Les timides soupirs, les féroces abois,
Tous les instincts errants, toutes les fourmillières,
Ancêtres, ils sont nés sous votre ombre, autrefois !

Tout ce qui rampe ou court; tout ce qui saigne ou tue,
A vos pieds dormira, cendre inerte et sans voix,
Pour que la sève en vous monte et vous perpétue.

Vous absorbez sans fin par des canaux étroits
Tous les rêves éteints de la vie éperdue
Et vous en secouez la nuit l'immense poids;

Et les rêves encor tombent de vous, ô bois !

LA FEMME DU CHEF

A MON FRÈRE ARTHUR

I

LE BARDE.

Levez-vous ! Regardez, ô vierges de Powys !
    Ce qu'ils ont fait de la patrie !
Tous les loups de Kouthwinn ensemble l'ont pétrie
Sous leurs pieds dans les corps éventrés de nos fils !

Un arbre échappera, couvert de chèvrefeuille,
Peut-être bien ; mais tout ce qu'ordonnera Dieu
    Arrivera, quoi que l'on veuille !
Le palais de Pengwern n'est-il pas tout en feu ?

O Kendélann ! Ton cœur, tel qu'un feu de broussailles
Du printemps, pétillait au signal des combats.
Malheur à vous, garçons et filles, qui tout bas
    Allez, parlant de fiançailles !

    Kendélann ! Lion belliqueux,
Tu défendis longtemps ta ville, pierre à pierre.
— Le loup suit le guerrier dont le cœur est fougueux ! —
Qui rebâtira Trenn, patrimoine en poussière ?

II

LA FEMME

Je t'admirais de loin combattre le premier,
    Ardent, la tête échevelée,
Te ruant par grands bonds à travers la mêlée,
O Kendélann, faiseur de morts, cœur de limier !

La cervoise de Trenn ruisselait sur ta table
Tant que tu défendis ta ville en cendre, hélas !
    O Kendélann, chef indomptable !
Tant qu'un mur fut debout tu nous y rappelas !

Mes fils ! Hier encor, sous deux coups de sa hache.
Les cadavres tombaient à ses pieds par monceaux ;
Grandissez ! Le lion est mort, mes lionceaux !
    Mes fils ! mes fils ! Malheur au lâche !

Allume en eux ton grand brasier,
Incendie! En leur âme ! ô vent ! souffle ta rage !
Vengeance ! Que ta soif dessèche leur gosier !
Et que mon âme à moi soit comme un ciel d'orage !

III

LE BARDE

Quand il vivait, son toit n'était pas grand ouvert
    Sur la salle, comme à cette heure !
Abandonnés après le maître que je pleure,
Comme la salle est sombre et le palais désert !

La salle du palais de Kendélann est sombre
Cette nuit, sans foyer, ni lampes au milieu !
    Seul je veille en pleurant dans l'ombre.
Qui peut me soutenir à présent, sinon Dieu ?

Salle de Kendélann, quel lourd silence règne
Entre tes murs déserts et sous tes noirs lambris !
Ni foyer, ni lumière ! Et seul dans les débris
    Je sens mon cœur amer qui saigne !

    Sans famille, hélas ! et sans feux,
Salle de Kendélann, le vent noir te secoue !
Mon chef est mort ! je vis ! j'arrache mes cheveux !
Mes pleurs abondamment coulent, creusant ma joue !

Ta salle, ô Kendélann ! est morne sous le ciel !
  L'asile a croulé sous les flammes,
Où les guerriers riant aux valeureuses dames
Ecoutaient le vieux barde en buvant l'hydromel !

Que tu me sembles triste et sombre, ainsi sans maître,
Salle de Kendélann, où l'on me fit honneur !
  Ah ! qui pourrait te reconnaître
Dans cette nuit ! — Pitié ! Que ferai-je, Seigneur !

Salle des chants joyeux et des fêtes célèbres,
Salle de Kendélann, sans foyer ni chansons,
J'écoute, je n'entends plus rien, ni voix, ni sons,
  J'erre tout seul dans les ténèbres !

  La salle est sinistre aux sommets
Du rocher d'Hédouez, cette nuit ! j'en frissonne !
Chants, festins, compagnons ne reviendront jamais,
Jamais, femmes, amis, ni maître, ni personne !

IV

LA FEMME

Au grand galop, va ! pars ! Je porte, ô bon cheval !
  La moisson rouge de la veuve !
La gerbe dont la trace est longue comme un fleuve !
L'épi mûr qui brillait ce matin sans rival !

A travers champs je porte à mon côté la tête,
La tête pâle, aux yeux rigidement ouverts,
    Qui du combat semblait la crête
Dans les jours de victoire ou les jours de revers!

J'ai cherché dans la nuit; et je porte à ma gauche
La tête aux longs cheveux du chef des braves clans
Arrachée aux oiseaux qui croassaient sanglants,
    Et dont la corne fouille et fauche!

    Je porte à cette heure à la main
La tête au front troué d'un guerrier magnanime!
Cours, bon cheval! hennis! je pleurerai demain!
Bondis par la forêt sous ma voix qui t'anime!

Emporte-moi! Je porte, hélas! sous mon manteau,
    La tête froide au front tout rouge!
Sur sa face à présent aucun muscle ne bouge!
Elle bat sur mon sein telle qu'un lourd marteau!

En avant! Sur mon bras, au grand galop, je porte
La tête où tant de fois l'éclair terrible a lui!
    — Les murs n'ont plus ni toit ni porte! —
Amour et gloire, tout n'est qu'un rêve aujourd'hui!

Là-bas, sur un grand tas d'ennemis, près du môle
De Pennock, il était comme un chêne couché.
Son cou que j'embrassais, moi, moi, je l'ai tranché!
    Sa tête est là sur mon épaule!

Mes fils! je vous porte à mon poing
Sa tête aux yeux ouverts qui fixement regarde!
— Dans mon âme ces yeux ne se fermeront point! —
Le jour venu, malheur à l'orphelin qui tarde!

Je porte à mes trois fils, je tiens devant mes yeux
        La tête hier effroi du traître!
La tête où flamboyait le regard fier du maître!
La tête qui dormait sur mon sein orgueilleux!

O Kendélann! Au bout de ta pique de frêne
Je leur porte ta tête, ô chef! pour que ton sang
        Arrose en eux la bonne graine,
Et les fasse grandir plus vite, en frémissant!

V

LE BARDE

Le corps de Kendelann, le chef de dix armées,
Gît là, sans tête, blême, inerte, sans chaleur!
J'ai sur l'âme le poids d'une immense douleur,
        Songeant près des planches fermées!

    J'entends l'aigle d'Eli, ce soir!
Il élève la voix, il crie, et je l'écoute!
Le cœur des guerriers morts fut son large abreuvoir!
Le sang des hommes blancs sur son poitrail dégoutte!

Appelant ses petits qui cherchent leur chemin,
L'aigle d'Eli mange et dévore!
Il parcourt la forêt, il plane, il plonge encore!
L'aigle gardien des mers aime le sang humain!

L'aigle d'Eli du bec et des serres travaille.
Dans la forêt il mord avec un cri perçant.
Il boit le vin de la bataille,
Il se gorge, il s'enivre, il nage dans le sang.

L'aigle d'Eli, du val de Mésir, la sœur pâle,
Aux champs de Broc-hmael, le brave, a tout tari!
Il s'acharne, fouillant dans les morts sans abri;
Il fait des lambeaux qu'il avale!

Maintenant c'est l'aigle au bec gris
Qui sent le corps du chef, là, dans ces planches sombres,
Qui rouvre l'envergure en poussant de grands cris.
C'est l'aigle de Pengwern, là-haut, sur les décombres!

L'aigle au bec gris a soif d'un sang qui coûta cher!
C'est d'un sang pur qu'il est avide!
Il sait que Kendélann gît dans la salle vide;
Sa gorge insatiable a faim de noble chair.

Il a ce soir au loin appelé, l'aigle énorme
De Pengwern que l'on voit dépeçant le guerrier!
Afin qu'aucun barde ne dorme
Au-dessus du cercueil il va longtemps crier!

Il plonge dans la salle, il bat de sa grande aile,
L'aigle au bec gris que suit de loin un vol pesant!
Et l'on te nomme, ô Trenn! la Déserte, à présent!
    O Trenn! hier encor si belle!

VI

LA FEMME

    Malheur à moi! mes fils sont morts!
Là! là! Regardez-les, yeux froids! Jusqu'à la garde
L'égorgeur a trempé son fer dans leurs chers corps!
O Kendélann! Tes yeux sont grands ouverts, regarde!

Tous les trois égorgés d'un coup, subitement!
    Malheur! Ils sont morts, tous les mâles!
L'abominable nuit emporte au loin leurs râles!
Et dans mon sein gonflé s'engouffre un hurlement!

Quand j'accourais, criant : « Lâche, qui vit esclave! »
L'aurore à leurs berceaux empourprait ses rougeurs!
    En leur portant ta tête, ô brave!
J'accourais! ils sont morts, eux, les futurs vengeurs!

Qui donc les vengera, puisqu'il n'est plus, leur père?
Qui donc te vengera, si tes fils sont partis?
Qui me vengera, moi, lionne sans petits,
    Seule, sans mâle et sans repaire?

Mes fils! Horreur! ils ne voient plus!
Tous les trois sont muets! En vain je les appelle!
— Je ne veux pas prier, les bras irrésolus!
Je ne veux pas gémir au fond d'une chapelle!

J'irai! vers les vivants je lèverai ton front,
   O chef! partout, sans clameurs vaines!
Mes yeux feront bouillir un sang chaud dans les veines!
Je montrerai ta face, et tous, ils me suivront!

J'embaumerai ta tête illustre et vénérée!
— Qu'il se lamente, lui, le barde aux cheveux blancs! —
   Criant : « Debout! » par la contrée
J'irai! j'enflammerai les débris des vieux clans!

Des villages marins aux huttes sous les chênes
J'irai! Des plus tremblants je ferai des héros!
Kendélann! Des fuyards je ferai des taureaux
   Qui beuglent en brisant leurs chaînes!

   J'en ferai des tigres sans peur,
Féroces, je le jure, ami, tu peux m'en croire,
Derrière moi lancés aux pistes du vainqueur,
Ta tête pour drapeau sur cette pique noire!

Je lèverai l'armée au cœur dur, sans retard!
   J'irai du val à la montagne!
Et comme un tremblement du vieux sol de Bretagne
Nous passerons demain, moi portant l'étendard!

LA RENCONTRE

SCÈNE DRAMATIQUE

Réprésentée à la salle Taitbout, le 24 février 1875.

A CATULLE MENDÈS

PERSONNAGES :

FABIEN.	M. FRAISIER.
TULLIA.	Mlle FAYOLLE.

Le théâtre représente un parc illuminé pour une fête de nuit. Au fond on aperçoit un château aux fenêtres éclairées; des groupes passent au fond et disparaissent peu à peu. Ils ne reviennent qu'à la fin. Musique lointaine par moments.

SCÈNE PREMIÈRE

FABIEN.

Cette fête est fort belle, et ce parc merveilleux !
Mais rien de tout cela ne me distrait. Mes yeux
Ne savent qu'y chercher l'image de l'absente.
Le parfum d'un fantôme est le seul que je sente !

Il sort par le fond.

SCÈNE II

TULLIA, *entrant à droite.*

Dieu ! la chose ennuyeuse et sotte infiniment
Pour une femme au bal, que cet empressement
Autour d'elle de fats venant faire la roue !
Comme leur vanité s'étale sur leur joue !
La fade comédie et l'insipide assaut !
Mais le plus ridicule encore et le plus sot
Est l'homme qui se fait du silence un mérite !
Dans sa discrétion emphatique s'abrite,

Elle indique d'un geste un des hommes qui passent.

Et, vainqueur confiant qui se tient à l'écart,
Veut se faire envier de chacun, avec art !
C'est celui qui se dit mon amant ! Si nous sommes
Coquettes, après tout c'est la faute des hommes !
Mais leur amour vaut-il la peine, en vérité,
Qu'on en change? L'amour par tous est récité
De la même façon, comme la jalousie !
Le même homme à nos pieds froidement s'extasie,
Et par convention débite un madrigal
A l'une comme à l'autre, avec sourire égal;
Et, trompé, se guérit par une impertinence,
Ou soufflette un rival heureux, par contenance !
Même il en est encor qui n'en montrent pas tant;
Sans honte et sans regrets ils s'en vont, emportant

Tout l'oubli qu'on fait d'eux dans leur oubli rapide,
Ressemblant, je suppose, à la bouteille vide
Que le marin lassé qui s'éloigne du port
Dans le sillage au loin jette par-dessus bord!
On ne les revoit plus! Et j'étais insensée
Quand je ne sais quel rêve à ce bal m'a poussée!
Le mieux est à coup sûr d'en rire, je le vois!

Après un silence, en regardant les groupes s'éloigner et disparaître au fond.

Jamais deux aveux faits sincèrement, deux voix
Où vers une âme on sente une âme qui s'élance!
Jamais le vrai serment, et jamais le silence
Où deux cœurs suspendus aux longs éclairs des yeux
Battent pour l'éternel amour qui monte aux cieux!

Fabien reparaît au fond.

SCÈNE III

TULLIA, FABIEN.

TULLIA.

Fabien !

FABIEN, *sans la voir*.

J'ai beau chercher! En vain partout j'écoute!

TULLIA.

Mais il n'espère pas que j'aille à lui, sans doute!

Elle sort à droite.

SCÈNE IV

FABIEN, *qui l'aperçoit sortir. Mouvement.*

Tullia ! qui m'a vu ! Rien en elle pourtant
N'a réveillé le rêve éteint, même un instant,
Tandis que follement, moi, je reste plein d'elle !
Elle a fui, l'infidèle à son oubli fidèle !
Elle a craint ma rencontre, et sans doute l'ennui
D'entendre un importun qui plaide encor pour lui !
O femme ! confiante en l'amour qu'elle inspire !
Moi, vouloir supplier ? non, j'aime mieux sourire !
Au milieu de la foule où tous deux, sans témoin,
Tout à l'heure, il le faut, ou de près, ou de loin,
Mon visage saura lui montrer l'apparence
D'un calme qui réponde à son indifférence,
Et qui profondément vous cache tour à tour,
Orgueil et lâcheté, noirs valets de l'amour !

Il s'assied sur un banc.

SCÈNE V

TULLIA, FABIEN.

TULLIA, *rentrant à droite et se reculant un peu en l'observant.*

Il ne m'a donc pas vue ? Ou bien il me fait montre
D'un dédain par trop grand aussi pour ma rencontre !
Un peu d'attention du moins me restait dû !
C'est lui ! Mais dans quel rêve à cette heure perdu ?

D'une autre ou bien de moi laquelle en est la cause ?
Ce n'est certes pas moi qu'il attend, je suppose !
Alors, c'est l'autre ? Eh bien ! il serait trop plaisant
Que j'en fusse jalouse et tremblante à présent !
L'aimerais-je aujourd'hui ? Non.

FABIEN.

Il se lève et se promène avec agitation sans la voir.

      L'atroce folie,
Que ronger des liens où soi-même on se lie,
En creusant la rancune amère où l'on se plaît !
Tout est bien mort en elle ! Et c'est l'oubli complet !
Tandis qu'en moi, malgré ma leçon fière apprise...
Ah ! comme follement aussi je la méprise !
Elle est là-bas, qui rit peut-être à mes dépens,
Et s'apprête à me tendre un cruel guet-apens !
Allons ! qu'elle me voie ! et que l'orgueil efface
Toute émotion vile à l'instant sur ma face !

Il va pour sortir à droite. Tullia va au-devant de lui. Ils se croisent.
Mouvement de Fabien qui salue avec une froideur affectée, et passe.

FABIEN, à part.

C'est elle !

TULLIA, à part.

Il a pâli !

FABIEN, à part.

     J'ai failli me trahir !
Pas un seul mot !

TULLIA, *à part.*

Quoi ! rien ? Comment le retenir ?
Pardon, Monsieur !

FABIEN, *se retournant.*

Madame !

A part.

O lâche ! ma voix tremble !

TULLIA.

Une femme, une amie, était là, ce me semble ?
Je la cherche...

FABIEN.

Excusez, madame, je n'ai vu
Personne ici.

TULLIA.

Pourtant, tout à l'heure j'ai cru
Vous entendre appeler par quelqu'un ici-même,
Avec intention,

Pendant que nous causions avec franchise extrême,
Et je croyais...

FABIEN.

J'arrive.

TULLIA.

Et de notre entretien?...

FABIEN.

Je n'ai, rassurez-vous, madame, entendu rien !

TULLIA, *à part*.

Si grande insouciance est-elle fausse ou vraie ?
— Et qui vous dit, monsieur, que si fort je m'effraie ?
Si ce que nous disions vous est resté secret...

FABIEN.

Sur l'honneur !

TULLIA.

Je l'apprends peut-être avec regret !
Vous m'eussiez crue alors, sans peine, j'en suis sûre.

FABIEN, *à part*.

O serpent! qui veut voir le trou de sa morsure !
— Vos secrets sont à vous, madame, gardez-les !

TULLIA.

Ah ! si c'était de vous pourtant que je parlais ?

FABIEN.

De moi, madame? en vain je cherche, et ma surprise
Est égale à l'honneur dont on me favorise!

A part.

Orgueil, plastron menteur, doublé d'horribles clous !
Mais je mourrais, mordant le fer comme les loups,
Plutôt que d'avouer ce qu'en moi je surmonte
Et nourris chaque jour de torture et de honte!
O sirène !

TULLIA, *les yeux baissés.*

J'avais grand tort, assurément,
S'il faut croire sincère un tel étonnement ?

FABIEN.

Je n'ai sujet aucun d'avoir recours au masque !

TULLIA, *le regardant.*

Non, car à votre front l'orgueil luit comme un casque !

FABIEN.

Je n'ai rien à défendre !

TULLIA, *doucement, après silence.*

Et moi, rien, n'est-ce pas,
A regagner d'un cœur si tranquille aux combats?

10.

La première je fus d'un peu d'oubli coupable ;
Mais de tout souvenir êtes-vous incapable ?
Et vous estimez-vous, en vous-même, si peu,
Pour que vous puissiez croire à mon complet adieu ?
Souvent le repentir de bien près suit la faute,
Et fait au fond de nous une place plus haute
A l'absent, dont l'image où palpite une voix
Sur le rêve trahi flotte comme un pavois !
L'amant qu'on a quitté, c'est celui que l'on pleure
Le plus, peut-être ! Ici, disais-je tout à l'heure !

FABIEN.

J'aurais lieu d'en avoir vraiment quelque fierté !

TULLIA.

Ainsi, je vois par vous mon regret insulté ?
Ah ! que saurions-nous donc absoudre, si la bouche
Qui fait un tel aveu n'a plus rien qui nous touche ?
Et qu'avions-nous aimé jadis, si nous gardons
Aux remords confessés nos regards sans pardons ?

FABIEN.

Mon incrédulité peut-elle être une offense ?
Mais j'ai bien quelque droit de m'étonner, je pense,
D'on ne sait quel regret qui depuis six grands mois
S'éveille étrangement, pour la première fois.

Silence.

TULLIA, *douloureusement.*

Ah ! l'abîme est profond qui toujours nous sépare !
Homme ou femme, ici-bas, chacun garde en avare
Un secret pour lui seul enfoui dans son cœur,
Et comme un bouclier porte un masque moqueur !
Pour nous énorgueillir d'ironiques conquêtes
Nous nous mentons partout, séducteurs et coquettes,
Mais leur mépris pour nous vaut le nôtre pour eux,
Et la peur de l'amour fait les froids amoureux !
Qui sait ? Peut-être un jour deux âmes fraternelles,
Jalouses des trésors accumulés en elles,
S'unirent par hasard en de courtes amours,
Et n'avaient qu'à s'ouvrir pour se fondre toujours !
Un jour, deux êtres faits peut-être l'un pour l'autre,
Du même dieu chacun mystérieux apôtre,
Ont feint de se trouver, sans jamais laisser voir
Qu'ils s'en vont par le monde abritant même espoir !
Oui, l'amant dont un jour le souvenir s'envole,
Qu'un caprice appelait, et que l'on crut frivole,
Peut-être était aussi, sans le dire, embaumé
D'un amour orgueilleux, solitaire et fermé !

FABIEN, *se contraignant.*

Serait-ce à mon profit ce beau discours ?

TULLIA.

Peut-être !
On se lasse et l'on part, sans s'être fait connaître !

FABIEN, *railleur*.

Et souvent, à celui que l'on avait quitté
L'on revient par dépit, ou curiosité ?

TULLIA.

Pour quelqu'un qui n'a pas perdu toute noblesse...

FABIEN.

Un oubli trop facile est un affront qui blesse !
Si peu que vous aimiez, c'est d'un mépris trop grand
Que de vous voir partir d'un œil indifférent !
Votre beauté, du moins, veut un dernier hommage !
Et l'amant qui s'en va sans regret vous outrage !

TULLIA.

Celui qui rit ainsi de son propre abandon
N'eut pas même un reproche, et n'a pas un pardon,
Indigne d'un remords, était de nous indigne,
Et mérita l'arrêt qu'on regrette, et qu'il signe !
Le premier il mentait alors à nos genoux,
Et si nous trahissons, il fut traître avant nous !

FABIEN, *très-amer*.

Allez ! riez aussi, pour être longtemps belle !
Ce qu'il fut, ce passé, qu'un hasard vous rappelle,

Au peu qu'il en coûta pour briser autrefois
Ses chaînes, vous avez mesuré tout son poids !
Avons-nous cru jamais à nos propres paroles ?
Aux encensoirs voués à d'uniques idoles ?
Aux pas toujours unis dans les mêmes chemins ?
Aux magiques rameaux toujours verts dans les mains ?
Aux éclairs éternels ? aux urnes jamais vides ?
Non ! qui crut aux serments seul peut croire aux perfides ?
Ce souvenir, madame, est affreusement loin !
J'ai beau fouiller au fond du plus obscur recoin
De mon âme, vraiment, je n'ai pas de rancune !
Je suis sans plainte, étant sans jalousie aucune !
Le beau rêve perdu ! Vous en vouloir ! Pourquoi ?
Quitté ? Le grand malheur ! mais n'est-ce pas la loi ?
Non ! madame, cela n'a rien qui m'assombrisse !
C'est l'histoire ordinaire, et c'était le caprice
Qui se raillait lui-même en se sentant banal,
Qu'un bal avait fait naître, et qui meurt dans un bal !
Pour cela qu'avant moi se lasse une maîtresse,
Moi, sentir ma pensée ou mon âme en détresse ?
Non ! c'est la vieille histoire et le vieux dénoûment,
Vieux, autant que les mots si doux et le serment
Qui dans tous les baisers voltigent sur les fièvres,
Vieux, comme les aveux, les regards et les lèvres,
Vieux, autant que l'amour, ce mensonge ! aussi vieux
Que l'éternel ennui qui nous tombe des cieux !

TULLIA, *à part.*

Il raille ; et cependant il parle sous l'étreinte
D'un mal profond !

FABIEN.

Non, non. Riez! Je suis sans crainte,
Quand vous me révélez vos regrets et vos pleurs!

           [leurs?]
D'où viendraient vos remords? d'où naîtraient mes dou-
De quel rêve trahi me parlez-vous? Quel crime
A donc soudain creusé sous ma vie un abîme,
Et réclame si tard son pardon?

TULLIA.

      Et d'où vient
L'amertume qu'en vain votre fierté contient?
Je ne la sens que trop saigner, votre blessure!

FABIEN, *se redressant.*

Je ne suis nullement blessé, je vous assure !
Il n'est point d'amertume en ce que je vous dis!
Nous avons échangé bien des serments jadis,
Mais de ceux que chacun en soi-même renie !
Ce fut l'amour tranquille en sa double ironie,
L'aventure ordinaire au terme si prévu,
L'union où chacun s'estime heureux, pourvu
Qu'il sente son cœur libre et fragile sa chaîne,
Et rêve sans pâlir la rupture prochaine !
On ne rompt même pas ce lien passager;
On le laisse tomber un jour, sans y songer;

Et l'amour de la femme aisément se rattache
A plus menteuse voix, à plus fine moustache !
Sitôt l'ennui venu, vient le nouvel amant !
Que vous reprocherais-je ? Avez-vous seulement,
Par un égard vulgaire, essayé d'un mensonge ?
Pas même une heure ! Et moi j'en souris quand j'y songe,
Car celui-là mérite à mon sens le mépris,
Qui d'un espoir brisé ramasse les débris !

TULLIA.

Amèrement aussi ce soir je vous écoute !
Et je sais mesurer à l'effort qu'il en coûte
Pour nier aujourd'hui sa richesse, un passé
Trop méconnu de moi, faussement méprisé
Par vous !

FABIEN.

            C'est me montrer une foi légitime
Dans le haut prix auquel une femme s'estime !
Et je vous félicite, en toute humilité,
Pour votre clairvoyance, ou votre vanité.

TULLIA.

Vanité bien étrange alors, qui tout entière
Vient s'offrir elle-même à l'ironie altière !

FABIEN.

Comme une amorce, où luit clairement l'hameçon !

TULLIA.

Non, Fabien! comme un gage et comme une rançon!

FABIEN.

Gage ? De quel espoir ? Rançon ? De quel reproche ?

TULLIA.

Est-ce donc à plaisir qu'un cœur se fait de roche ?

FABIEN.

Est-ce donc sans raison qu'un cœur froid reprend feu ?

TULLIA.

Pour vous la raillerie est-elle un si doux jeu ?

FABIEN.

Pour vous, la fourberie est-elle si charmante ?

TULLIA.

Ah ! c'en est trop ! — Pourquoi voulez-vous que je mente ?

FABIEN.

Mais que voulez-vous donc me faire croire ? Et vous.
Que croyez-vous vous-même, enfin ?

TULLIA.

C'est qu'entre nous
Tout n'est pas mort, peut-être, et que tout peut revivre !
Je veux que vous croyiez au remords qui me livre
Pour m'en purifier soumise à vos mépris !
Ce que vous me cachez. Fabien, je l'ai compris
Au soin que vous prenez d'en comprimer la plainte !
Ce que je sais, ami, c'est que je suis sans feinte !
Que je lis dans vos yeux comme en votre pâleur ?
Et que, transfigurée en sondant ta douleur,
Je mérite un pardon qui sera mon baptême !
Mieux, et plus qu'autrefois, Fabien, crois que je t'aime !

FABIEN, *passionnément.*

Tullia, dis-tu vrai ?

TULLIA, *de même.*

Vois si mes yeux sont faux !

FABIEN, *à part.*

O femme ! ô souvenir plus tranchant qu'une faulx !
Qu'elle est belle pourtant !

Haut.

Oh ! ne sois pas si belle !

TULLIA.

Oui ! belle, je le sens, d'une beauté nouvelle !

11

FABIEN.

Tous les parfums des bois sortent de ses cheveux !

La prenant dans ses bras et l'asseyant sur un banc

Eh bien, apprends-le donc de moi, si tu le veux !
En vain depuis six mois je te fuis ; ton image
Me précède partout, m'attire davantage !
Oui, tu l'as deviné, je raillais en effet !
L'orgueil ment ! compagnon sanguinaire qui fait
Du mal qu'on veut guérir l'incurable supplice !
On l'appelle vengeur ! Et ce n'est qu'un complice !
Quand tu te détournas de nos frêles amours,
Je partis, l'appelant en vain à mon secours ;
Mais sans cesse à travers mes révoltes vaincues,
M'abreuvant au poison de ses pointes aiguës !
Si je me suis roidi tout à coup ce jour-là,
C'est qu'en moi tout un ciel inconnu s'écroula !
Et lorsque autour de moi je serrais ma cuirasse,
Le souvenir fouillait avec sa dent vorace
Sous les débris vivants de tous les bonheurs morts ;
Et l'enchanteur maudit les changeait en trésors,
Et je sentais partout s'enfoncer les racines
De rêves grandissants faits d'espoirs en ruines !
Oui, plus je me faisais du mépris un devoir,
Plus j'espérais, et plus je voulais te revoir !
Et je venais ici, pâle, t'aimant encore
D'un amour étouffé d'autant plus qu'il dévore,
D'un amour éveillé par son propre linceul,
Et qui, brûlant trop tard, croyait brûler tout seul !

Tombant à ses genoux.

Et de loin, te cherchant sous une ombre qui cache,
Je me faisais plus fier afin d'être plus lâche !

TULLIA, *avec enthousiasme.*

Ah ! sois fier cette fois, mais d'être aimé, Fabien !

FABIEN, *se relevant.*

Et je t'ai vue ! Alors veux-tu savoir combien
Mon cœur, plein du remords de son propre courage,
A tressailli de joie, en se gonflant de rage ?

Montrant d'un geste le fond du théâtre.

TULLIA.

Nous partirons bien loin ! Cet homme, je le hais !
Je ne l'ai point aimé, mon Fabien ! Et jamais
Je n'y penserai plus !

FABIEN, *à part.*

Moi, toujours !

TULLIA.

Je le jure !
Où tu voudras, demain, partons !

FABIEN, *à part.*

Quelle torture !

TULLIA.

Va ! nous nous aimerons d'un amour jamais las !

FABIEN.

Nous aimer !

Il se recule. — A part.

  Insensés ! Entre nous deux, hélas !
Se dresse un souvenir que vainement je raille !
Entre nous deux je sens s'épaissir la muraille
Où debout sur l'oubli l'orgueil veillait, gardien
Des glaces de son cœur et des brasiers du mien !
Élans tardifs ! Derrière un rempart tutélaire,
Lâches élans ! dormez ! Sans plainte et sans colère,
Redresse-toi sur eux, fierté dont je m'armais !
Rien ne peut plus renaître entre nous désormais !

Se rapprochant de Tullia, qui l'a suivi des yeux avec angoisse,
et qui va à lui.

Ainsi donc, vous croyez, lorsqu'un vain souffle emporte
En l'effeuillant, un jour, la rose à moitié morte,
Que rouge et chaque jour encor s'élargissant,
Elle peut refleurir sur sa racine en sang ?
Vous croyez qu'un éclair en s'éteignant dans l'âme
Peut y faire surgir un paradis en flamme ?
Vous croyez qu'un refrain arrêté brusquement
Peut nous suivre la nuit comme un rugissement
Qui dans un noir ravin rebondit d'angle en angle ?
Qu'on peut faire un vautour d'un oiseau qu'on étrangle ?

Et d'un caprice un soir pour un autre oublié,
Un amour immortel, ardent, fier et souillé ?
Dites, le croyez-vous ?

TULLIA, *écrasée.*

Oh ! Fabien !

FABIEN, *avec emportement.*

Alors, dites
Lequel sait plus aimer ses souffrances maudites,
Des deux tyrans qu'on nomme orgueil et lâcheté ?
Dis-le, toi, femme, amour, perfidie et beauté ?

TULLIA, *suppliante.*

Grâce pour ton supplice, ô Fabien ! je t'adore !
Et l'occident de pourpre est l'envers d'une aurore
Immense ! Crois en moi, Fabien ! et pour toujours !

FABIEN, *amer.*

Oui, tu sais oublier, toi, femme ! Toi tu cours
Sans qu'un baiser te laisse à toi sa cicatrice,
Comme à celui d'hier, à ton nouveau caprice !

TULLIA.

N'appelle pas ainsi mon amour d'aujourd'hui !

FABIEN.

Que sais-tu de l'amour ? Ne parle pas de lui !

11.

TULLIA.

Qu'il a soif de croyance !

FABIEN.

Et faim d'hypocrisie !

A part.

O misérable orgueil ! Qu'es-tu donc, jalousie ?

TULLIA.

Je sais qu'il peut grandir sous des regards ingrats !

FABIEN, *à part.*

Oh ! pouvoir lui rouvrir éperdûment mes bras !

TULLIA.

Je sais qu'il met en moi l'ardeur dont toi tu brûles !

FABIEN.

Tu sais qu'il meurt aussi sous des lèvres crédules
Et boit au souvenir comme on boit au Léthé !
Mais s'il renaît en vous de sa duplicité,
Crois-tu qu'il ne soit fait pour nous que de bassesse ?
Non ; de sa propre gloire il s'énivre sans cesse ;
Et quand sa propre honte a fait son piédestal,
Il ne redescend plus à son tréteau natal !

Et, tout éclaboussé de sa cendre avilie,
L'amour peut pardonner, mais jamais il n'oublie ?

TULLIA, *après un court silence.*

O Fabien ! je comprends à présent ton orgueil !
Et, fière aussi, j'irai, muette, sous le deuil
D'un bonheur dont l'amour est le gardien farouche
Et qui nous entre au cœur en nous fermant la bouche !
Lui-même il nous sépare, ayant en moi versé
Même frisson hautain, même horreur du passé,
Agrandissant en moi ta blessure profonde,
Mais en laissant en toi mon âme, morte au monde !

Elle se dirige vers la droite pour sortir.

FABIEN, *suppliant, les bras vers elle.*

O Tullia ! pardonne à ton tour ; j'étais fou !

TULLIA, *après un moment d'hésitation, revenant vers lui.*

Eh bien, jette-moi donc tes deux bras à mon cou !

Fabien veut s'élancer vers elle, mais il s'arrête, et ses bras
ouverts retombent comme malgré lui.

Ton amour se révolte, hélas ! contre lui-même !
Et le mien n'en sait voir qu'une preuve suprême,
Hélas ! dans cet affront cruel pour tous les deux !
Sur tes bras retombés quand j'avançais près d'eux,
Pèse de tout son poids l'idole profanée ;

Et de loin vers ta bouche à regret détournée
Une idole nouvelle et sans tache apparaît,
Qui dans tes bras fermés sur-le-champ tomberait
En poussière avec toi ! D'aujourd'hui je m'éveille !
Et ton amour m'a faite enfin à toi pareille,
Jalouse aussi de fuir un mépris mutuel !
L'amour est maintenant pour nous deux comme un ciel
Où dès qu'on y pénètre on en devient indigne,
Mais dont l'éclair lointain nous sacre de son signe,
Auréole saignante à toute heure, en tout lieu,
Que nous emporterons dans notre tombe ! Adieu !
Cher amant, désespoir de mon âme ravie !
Nous nous sommes trouvés trop tôt dans cette vie,
Nous nous sommes connus en ce monde trop tard !
Adieu ! regardons-nous dans un dernier regard,
Pour que toujours au loin notre image s'y dresse,
Ivre d'un souvenir d'impérissable ivresse,
Fabien, et d'un sanglot immortel !

   Elle va pour sortir.

FABIEN, *qui s'est laissé tomber, accablé, sur le banc.*

                    Malheureux !
Je la laisse partir ! Oh ! le cœur est affreux !
Je suis seul désormais ! Tullia !

                    Il fait quelques pas.

TULLIA, *tournée vers lui.*

                    Tu blasphèmes !
L'impossible baiser que nous fuyons nous-mêmes,

Que le vent à jamais rapportera vers moi,
A jamais s'en ira de mes lèvres vers toi !
Et toujours il vivra dans notre cœur fidèle,
L'amour, qui vient d'ouvrir entre nous sa grande aile !

Elle sort lentement.
Fabien la regarde, désespéré, semble vouloir s'élancer à sa suite,
puis s'arrête, et sort précipitamment de l'autre côté.

Le rideau tombe.

COROT

I

Dans la rue où je vais d'ordinaire cherchant
Un imprévu qui brille aux portes d'un marchand,
Ce matin, un tableau, l'honneur de sa vitrine,
Étincelait du sceau qui de loin se devine.
Précieuse rencontre! Intime émotion
Déjà depuis longtemps connue! Attraction
Qu'en chemin tant de fois j'ai sentie et suivie,
Et qui sur le trottoir me clouant me convie
A quelque incomparable et long recueillement!
Enlevé tout à coup délicieusement
Hors des réalités odieuses et vaines,
Par un charme allégé de la lourdeur des peines,
Comme loin des laideurs d'alentour, des devoirs
Fastidieux par qui nos ennuis sont plus noirs,

Libre un moment des fils que tend la destinée,
Je reste là, prunelle ouverte et fascinée,
Et tout entier me sens envahir, ennobli
Par la sérénité faite de tant d'oubli.
Et je m'éloigne en vain ; la vision magique
Demeure en mon cerveau comme une image unique ;
A travers les labeurs journaliers je la vois ;
Au fond de ma mémoire elle évoque parfois
Les cadres familiers du vieux maître que j'aime,
D'autres sans doute encore ignorés de moi-même,
Si bien que toute l'œuvre illustre où je me plais
Me semble pendre aux murs d'un triomphal palais.

II

L'ineffable spectacle, et l'ivresse muette !
Alors, tout à mon gré, j'erre dans une fête
Que ta présence vient illuminer, ô toi
Dont la forme impalpable est toujours près de moi !
Avec toi bénissant chaque métamorphose,
Sans fin je me promène et sans fin me repose
Parmi les oasis d'un monde nouveau-né,
Dans son aurore pure et naïve baigné
De rosée au reflet virginal ; sa fraîcheur
Vers le sol par endroits condensée en blancheur
Filtre en nous, te consacre et moi me purifie.
Oh ! tous les deux sourire en admirant la vie
Dans le sourire clair des primitifs printemps !
Nous repaître les yeux sans cesse en même temps

De la suavité d'innocents paysages
Par un art claivoyant surpris dans leurs mirages !
Ensemble ainsi marcher et rajeunir en vous,
Jeunesse arborescente aux lacs discrets et doux,
Aux prés élyséens, aux couples idylliques,
Aux apparitions des soirs mélancoliques !
Toujours une harmonie adorable nous suit,
Nous enveloppe ou nous absorbe ou nous conduit.
Une âme saisissable et fidèle et candide
Toujours ondule autour d'un branchage fluide,
Toujours palpite au loin sur de vagues coteaux,
Toujours tremble au-dessous de transparentes eaux.
Oh ! Lui laisser ravir nos deux âmes unies
En souffles confondus dans mille symphonies,
Et nous, dans la tendresse universelle, au sein
De la grâce idéale et du fuyant dessein
Des choses, nous sentir confusément renaître,
Ou nous évaporer l'un et l'autre peut-être
Au fond d'un crépuscule antique, en ces moments
Où la terre et le ciel sont pleins d'enchantements.

III

Ici le poids des jours alourdit l'atmosphère.
Cher fantôme toujours présent, toi qui sais faire
De ma vie un seul rêve, approche-toi ! Je veux,
T'associant encore à chacun de mes vœux,
Jouir du calme jour qui jamais ne s'achève
Dans les créations du grand peintre du rêve.

Aux routes d'aujourd'hui tournons encor le dos !
Viens nous réfugier dans les eldorados
Que seul put entrevoir et léguer le génie,
Dans les édens où court une sève infinie,
Où circule à jamais un air plus caressant
Qu'une aile séraphique et large qui descend !
Ah ! la paix, nulle part ailleurs qu'en ces retraites,
Ah ! nulle part ailleurs, dans nos âmes distraites
L'oubli, comme un secret bienfaisant d'avenir,
Ne sauraient monter mieux ni mieux s'épanouir !
Là, tout me saluera puisque tu m'accompagnes ;
Et sous aucun feuillage épais de nos campagnes,
Sur aucun des gazons que foule un pas humain,
Nous n'irons plus légers, en nous tenant la main,
Les poumons plus gonflés d'une béatitude
Surnaturelle, offrant à chaque solitude
L'intérieur trésor d'une fraternité
Indissoluble. Loin de l'énorme cité,
La nature, là-bas, pour que tu t'extasies,
Semble s'éterniser en ses heures choisies.
On dirait que là-bas l'élan mystérieux
D'un désir, d'un regret peut-être, sous nos yeux
Fait par effluve long, par attirance lente,
Croître la créature et s'animer la plante ;
Et tout paraît n'avoir pour but dans l'horizon
Que toujours aspirer l'éparse exhalaison,
En s'exhalant toujours soi-même aussi, tranquille
D'exister pour la même existence facile.

IV

Fuyons les jours maudits qui tombent du vrai ciel !
Disons adieu bien vite à l'univers réel !
Partons ! Ressuscitons en ces nobles patries !
Vois ces brumes rasant les pentes des prairies !
Tout près, nous attendant sur les rives en fleurs,
Des barques ont gardé pour nos esprits meilleurs
Le complaisant accueil qui berce les pensées.
Entrons-y, puis au cours d'insensibles poussées
Glissons sur ces bassins faits de molles clartés,
Sur ces étangs par l'aube éternelle argentés.
Tout est feérique autour de nous, tout est surprise ;
En nous de même tout se spiritualise ;
Et chaque halte auprès des saules vaporeux,
Sous un ciel pommelé qui ne répand sur eux
Ni le rayon trop vif, ni l'ombre où tout se noie,
Nous promet on ne sait quelle nouvelle joie !
Ces sentiers indécis, où nous conduiront-ils ?
Ces gazons si moelleux bordés d'arbres subtils,
De bouquets éclatant en flocons sur des tiges,
Où mènent-ils, sinon par d'inconnus prestiges
Aux habitations légendaires du cœur,
Aux toits bâtis exprès dont l'hôte est le bonheur ?
Écoute s'élever de partout la musique
D'un hymne merveilleux, reconnaissant cantique,
Un concert entendu pour la première fois,
Chant suprême des chants, voix de toutes les voix

Des êtres qu'un frisson marie et renouvelle
Dans une éclosion sainte et perpétuelle.

V

Des pays de Jouvence aux célestes matins
Où nous aurons trouvé tous les secrets lointains,
Tari tous les nectars aux saveurs indicibles,
Bu tous les philtres, tous les baumes invisibles,
En de changeants décors transportés, contemplons
Les coins voluptueux, les séduisants vallons
Du royaume des soirs pâlis! L'un près de l'autre,
Ainsi qu'en un berceau redevenu le nôtre,
Là goûtant des loisirs religieux, nos fronts
Parsemés de lueurs furtives, nous pourrons
Sentir nous arriver sur de tièdes haleines
Les vivantes odeurs qui tournent sur les plaines.
Les croyances des temps qui ne sont plus, alors,
En ce qu'elles avaient d'aimable, et sans efforts,
Refleuriront en nous dans un site propice,
Non loin d'un seuil sacré que le lichen tapisse;
Un vent soulèvera tes cheveux et les miens;
Un cri réveillera l'âme des bois païens;
Et soudain, sur les bords des sources bleuissantes,
Dans quelque haut fouillis d'herbes phosphorescentes,
Nous verrons devant nous passer des corps divins,
Nous surprendrons au son du pipeau des sylvains
Les Nymphes s'attardant aux rondes d'Arcadie!
Sous la ramure proche et sombrement verdie,

Nous pourrons partager en égarant nos pas
Les espoirs éthérés que l'arbre ne dit pas,
Nous-mêmes parfumant de nos deux consciences
Un brouillard de parfums et de réminiscences !
Ou bien, sur quelque tertre indolemment assis,
Maîtres du temps qui coule, exemptés des soucis,
Emplis d'échos au bruit des feuilles sur nos têtes,
A demi disparus sous les ténèbres prêtes,
Nous pourrons regarder au loin et voir longtemps
Se diaprer l'azur et ses crêpes flottants,
S'effacer par degrés les contours des collines,
Toutes choses se fondre en nuances plus fines,
Et s'étendre au-dessus des hameaux enfouis
Le voile diaphane et nuptial des nuits !

VI

Car l'Amour est vraiment le dieu de ces contrées,
Merveilles pour lui seul et par lui seul créées,
Séjours miraculeux, exils d'élection
Que conserve aux amants la fée illusion.
Dans ces asiles sûrs qu'aucune main n'offense,
Tous, ils recouvreront la foi de leur enfance,
Le symbole perdu du silence ou des mots,
Et dans leurs battements les battements jumeaux
De tout ce qui cherchant l'appel qui lui réponde
Se dilate et frémit sous la brise féconde !
S'aimer dans ces nombreux paradis de beauté,
C'est s'abîmer tous deux dans la félicité

D'un immatériel et surhumain mystère ;
C'est se ressouvenir, ou marcher sur la terre
Comme deux voyageurs que n'atteint plus la mort,
Ignorant le mensonge et la haine du sort,
Les crimes, les combats des hommes et leurs feintes,
Ne connaissant plus rien par de là leurs atteintes,
Bien loin de leurs autels et de leurs vils encens,
Rien que la fusion de l'esprit et des sens
Dans l'immortel Amour, le Souverain immense
Qui met toute sa gloire en toute sa clémence !

FORÊT D'HIVER

A ALBERT MÉRAT

Seront-ils toujours là quand nous disparaîtrons ?
Les voilà, roidissant leurs vénérables troncs
Qui des vents boréens ont lassé les colères,
Eux, les arbres, longs murs de héros séculaires
Durcis aux noirs assauts des hivers meurtriers,
Inexpugnable bloc d'immobiles guerriers
Qui sous le choc prochain des rafales nocturnes
Pour un instant se font tout à coup taciturnes,
Solennels et géants, horribles et nombreux,
Et défiant la mort comme les anciens preux !
Chênes, Trembles, Bouleaux, Sapins, Hêtres et Charmes
Semblent marcher par rangs de squelettes en armes

Dont l'âme rude a fait d'invincibles remparts;
Et du sol reluisant de leurs débris épars
Ils se dressent humant le parfum des batailles,
Tout cuirassés d'écorce ou pourfendus d'entailles
Où demain viendront boire et chanter les ramiers,
Et leur cîme s'emmêle en d'immenses cimiers.
Des frères sont tombés dans un adieu sonore,
Cadavres hérissés sur la lisière encore;
Mais dans l'armée au cœur indomptable, beaucoup
Sont morts depuis longtemps qui sont restés debout.
Ils sont tels, ces captifs rigides, que l'outrage
Éternel les retrouve augustes dans notre âge,
Et tel est leur silence aux approches des nuits,
Que la vie en a peur et fait taire ses bruits,
Et que le fils errant des époques dernières,
L'homme, ainsi que la bête au fond de ses tanières,
Se retire à la hâte, écrasé sous le poids
Des lourds mépris qu'il sent tomber dans l'air des bois
Sur tous les vains espoirs où son désir s'enivre.
Et le rouge soleil saigne à travers le givre
Dans l'enchevêtrement des ténébreux lutteurs;
Puis tout s'éteint; la nuit aux démons insulteurs
Monte multipliant l'épaisse multitude;
Et de leur propre horreur sacrant leur solitude,
Eux, les arbres, debout, garderont sous les vents
L'obscur secret du rêve où sont nés les vivants.

TABLE

Achevé d'imprimer

LE 28 FÉVRIER MIL HUIT CENT SOIXANTE-DIX-NEUF

PAR A. DERENNE

POUR

ALPHONSE LEMERRE, LIBRAIRE

A PARIS

PETITE BIBLIOTHÈQUE

LITTÉRAIRE

(AUTEURS CONTEMPORAINS)

Volumes petit in-12 (format des Elzévirs) imprimés sur papier vélin teinté.
Chaque volume : 5 fr. ou 6 fr.

Chaque œuvre est ornée d'un portrait gravé à l'eau-forte

*Il est fait un tirage de cette collection sur papier de Hollande, sur papier Whatman
et sur papier de Chine.*

Imp. A. DERENNE, Mayenne. — Paris, boul. Saint-Michel, 52.

www.ingramcontent.com/pod-product-compliance
Lightning Source LLC
Chambersburg PA
CBHW070818250626
47170CB00006B/2152